Tot oneindig einde kry

Anneke van den Heever

Malherbe Uitgewers Publikasie

Outeur: Anneke van den Heever
Voorbladontwerp: Ria Richards

Geset in Franklin Gothic 12pt

ISBN 978-1-991455-86-4
Eerste Uitgawe 2025

Hoofstuk 1

Die boot vertrek om 09:00 en Lee is reeds laat, maar so ver sy draf groet sy mense in die verbygaan. Hier en daar haak sy vas met 'n geselsery. Dit is in haar aard, sy hou van mense. Die boot is in sig, as sy net betyds daar kan uitkom.

Deurmekaar en onseker oor watter platform sy moet neem om aan boord te gaan, neem nog meer van haar tyd in beslag.

"Hi, kyk waar jy hardloop, vroumens. Jy sal 'n mens uit die aarde uitstorm," sê 'n diep stem skuins agter haar.

Sy is egter klaar verby die man en vee net met haar hand in die lug. "Jammer, kwaaikie. Sal nie weer gebeur nie." Lee kyk nie weer terug nie, want haar oë sê vir haar sy is klaar te laat vir daardie boot se eerste vaar.

"Vervlaks! Nou moet ek wag vir die volgende rit, Ai, waar lê elfuur?" sê sy teleurgesteld in haarself.

Sy staan vir sekondes stil en skandeer om haar wat eintlik aan die gang is. Êrens moet 'n plek wees waar sy kan sit? Dalk 'n koffie drink. As die dag eers só begin, waar gaan dit eindig?

Gelukkig is sy nie al een wie die boot verpas het nie. Agter haar staan 'n handjie vol toeriste wat eers foto's neem van alles wat vreemd en uitheems lyk. Seemeeue is ook in die slag. Dit is net kameras en selfie stokkies waar jy kyk, 'n Buitelander probeer sy bes om die toergroep bymekaar te hou. Gelukkig vir hom is daar geen kinders betrokke nie, anders het hy sy hande behoorlik vol gehad.

'n Man, blas van vel, donker hare en netjies geklee in 'n ligblou oopknoophemp en bruin langbroek, staan 'n paar treë van haar af en mompel onderlangs. Sy sien dis dieselfde man wat hom so vererg het toe sy per ongeluk in hom vasgehardloop het. Sonder om te dink gaan sy nader en val sommer by die gesprek in.

"Ekskuus, sê weer? Jy was so bietjie onduidelik daar met jou laaste woorde," vra Lee die man.

"Dis oor dit nie vir jou ore bedoel was nie, vroumens. Val jy almal so in die rede? Jy ken my van geen kant af nie," antwoord die man haar kortaf. Sy donker oë blits gevaarlik.

Lee steur haar natuurlik nie aan die man nie en tik hom liggies op sy skouer

"Jammer, kwaaikie, ek moes geweet het jy praat nie met my nie, al is ek naby genoeg aan jou om jou wel kon hoor. Voer jy altyd gesprek met jouself?" Sy lag saggies.

"En dan is jy nog sarkasties ook?" Hy kyk haar verbaas agterna toe sy doodluiters haar vingers deur die lang donker hare stoot wat die wind in alle rigtings waai, en verder stap na die restaurant skuins agter hom.

Hy tel sy rugsak op en gooi dit oor sy skouer. Die vrou het hom nou meer ontstel as toe sy oomblikke voor die boot se vertrek in hom vasgehardloop het.

In die restaurant se deur staan Lee en gesels met die jong dame wat plek aanwys om te sit. Hulle gesprek lok belangstelling by van die ander om hulle ook uit. Dit klink al te vrolik.

"Mag ek verbykom, jy staan die deur vol?" vra 'n diep stem langs haar.

"Jammer, meneer, maar ons tafels is vol op die oomblik. As u nie omgee nie, sal meneer so rukkie moet wag voor u kan sit," val die kelnerin in.

Thomas Bruwer kyk op sy horlosie, uit gewoonte. By hom werk alles op tyd en datum, en geduld is nie een van sy beste eienskappe nie.

Lee sien aan die man se rondtrippel dat hy besig is om homself op te werk, en glimlag effe.

"Wat is so snaaks?" vra hy haar toe hy sien sy kyk weer in sy rigting.

"Niks nie, dis net ..."

"Net wat?"

"Jy werk jouself op deur so te staan en dans. Sodra daar 'n tafel oopgaan, sal jy jou plek kry. Om so te staan en dans sal dinge nie aanhelp nie, maar eerder jou bloeddruk opjaag." Sy gee 'n skewe laggie.

Met die besef dat sy wel 'n punt het oor sy ongeduld, probeer hy sy bes om stil te staan, maar dit lol maar.

'n Paartjie kom uitgestap. Hy staan dadelik nader en loer na binne, maar die kelnerin keer hom voor hy na binne kan stap.

"Meneer, die dame was voor u hier, ek sal haar egter eerste moet help, Tensy sy my toestemming gee dat u haar plek mag neem." Die kelnerin kyk vraend na Lee.

Die son is geniepsig so vroeg oggend en Lee se tong sit reeds aan haar verhemelte vas. Sy sal egter vinnig iets moet drink, dalk ... Sy staan 'n oomblik na die kwaai man wat so vreeslik frons voor haar en kyk. "Jy kan altyd 'n tafel met my deel?" bied sy aan.

Hy kyk by die deur van die restaurant in en sien dat die kelners soos bedrywige miere kos en drinkgoed aandra, en besef dat hy nog 'n rukkie buite sal moet staan as hy nie haar aanbod aanvaar nie.

"Gaan jy eet én drink of ...?"

"Nee, net iets drink, as dit jou skimp is om nie te lank in my geselskap te wees nie?" knip sy vir hom oog.

"Nou toe dan ..." en hy wys vir haar om te stap. Hul kry 'n tafel reg onder die kombuis se venster waar die disse voorberei word. Alles lyk en ruik heerlik. Seekos is nog altyd een van haar gunstelingdisse.

Hulle neem hul plekke oorkant mekaar in en sy vra hom uit die bloute: "Trek mans nie meer 'n dame se stoel vir haar uit nie?"

"Dalk, as jy soos een optree?" Hy kyk nie op nie.

Lee ignoreer hom. Sy kan sien die man se lont is kort en hy lyk nie na een wie graag gesels nie. 'n Kelner sit die spyskaart voor hul neer en sê hy sal oor 'n paar minute terug wees om hul bestelling te neem.

"So. Wat is jou naam?" vra Lee terwyl sy na die spyskaart kyk. Alles lyk heerlik en as die woord knoffel in die beskrywing is, water haar mond gewoonlik.

"Hoekom wil jy weet?" Sy oë bly op die spyskaart.

"Want as ons saam by 'n tafel gaan sit en eet, kan ons seker kennismaak en mekaar op die naam noem." 'n Fyn glimlaggie speel om haar mondhoeke, maar sy bly kyk op die spyskaart.

"Eet? Jy het gesê jy gaan net vinnig iets drink?"

"Ek weet, maar alles lyk en ruik so lekker, dit maak my honger en ek het hoeka nog niks geëet vanoggend nie."

Die kelner is terug vir hul bestelling vir iets te drinke. Hy bestel 'n water en Lee 'n Grapetiser. Lee kyk die kelner in sy oë en glimlag vriendelik.

"U is baie vriendelik teenoor die ander mense wat daagliks hier kom eet," sê die kelner en hy kyk uit die hoek van sy oog na die man wat oorkant haar sit.

Sy bars uit van die lag en gooi haar kop agteroor. Sy weet presies waarna die kelner verwys en knik net.

"Jou naam?" vra sy weer. Die keer kyk sy direk na die man oorkant haar.

"Thomas."

"Ek is Lee Boucher, aangename kennis. So, Thomas ..."

"Skuus, maar ons hoef seker nie 'n gesprek te voer nie?" val hy haar in die rede.

"Seker nie, maar wat gaan jy vir die volgende dertig minute doen terwyl ons wag vir die kos en dan nog moet eet ook?" Sy blaas haar asem uit deur haar lippe, kompleet asof sy 'n perd sou namaak.

“Wel, as dit in die eerste plek nie vir jou was wat in my vasgehardloop het nie, sou ek nie laat gewees het vir die boot nie.” Hy gluur haar aan van oorkant hul tafel.

Sy sit haar hand oor syne terwyl sy vir ’n oomblik oogkontak maak, en vryf oor sy gewrig. “Ag vergewe my, U Edele, dit sal nooit weer gebeur nie.” Haar mondhoeke trek weer effe in ’n glimlag.

Hy ruk sy hand onder haar hand uit en hou dit teen sy bors asof hy seergekry het. “Verskoon my.” Hy staan blitsvinnig op en gee groot treë in die rigting van die kleedkamers.

Lee het intussen besluit daar is egter genoeg tyd om lekker rustig te sit en eet. Die volgende boot vertrek eers om 11:00. Die tyd is nou 09:20, Geen rede vir haas. Dit is ook haar dag-af, wat min gebeur. Lee gun haarself ’n blaaskansie. ’n Klereontwerper se tyd is so wisselvallig, wanneer jy werk, werk jy jou alie af, en wanneer jy ’n tydjie vir jouself het, is dit van korter duur.

Thomas kom sit weer aan tafel en Lee noem dat sy reeds vir hulle kos bestel het, en iets beter as water vir by sy kos.

“Jy kan mos nie namens my kos bestel nie! Hoe weet jy waarvan ek hou?” Thomas kyk haar verstom aan.

“Wel, ek het vir ons albei dieselfde bestel, en die bord bevat twee opsies. Seekos en ook biefstuk. So as jy nie van die biefstuk hou nie, dan kan ek jou ruil uit my bord en andersom. Dis eenvoudig,” en sy knipoog vir hom.

“Is jy altyd so voorbarig?” vra hy hees.

"Voorbarig? Jy bedoel bedagsaam."

Hy kyk nie weer op nie. Die vrou is iets anders. Sy het 'n antwoord op alles wat hy sê en sy neem niks wat hy sê ernstig op nie. Al wat sy ken is grappies en giggels, dink hy by homself.

Hoofstuk 2

Lee skandeer haar kaartjie om op die boot te klim, sy let wel dat Thomas ook so paar persone agter haar in die ry staan. Weer hou hy daardie horlosie van hom dop. Wat is dit met die man en sy verdomde horlosie? Dit dien geen doel om kort-kort so na die ding te kyk nie. Die boot gaan vaar wanneer sy tyd aanbreek, en hy sal terugkom wanneer hy moet. Die man het 'n vreeslike irriterende aanwensel.

Almal is aan boord en die boot se bemanning maak sy toue los van die hawe se ankers. Lee kry warm, die son sit hoog en die sitplek onder die dak is almal reeds ingeneem.

Sy sien 'n plekkie waar die skadu van die afdak so effe 'n hoekie bedek en gaan staan in die koelte. Haar oog vang 'n dogtertjie wat met 'n roomys verbystap. Met handgebare probeer sy haar aandag trek om te vra waar sy die roomys gekry het. Die dogtertjie beduie met haar wysvinger in die rigting van die kajuit en iets met 'n trollie te doen.

Opgewonde en met sweet wat in straaltjies teen haar rug afloop stap sy vinnig in die rigting waar die dogtertjie beduie het. As almal op 'n streep sou warm kry, sal daar seker nie genoeg roomys wees om al die passasiers op die boot af te koel nie. Sy moet wikkel

... Sy sien die roomystrollie in die deur soos sy by die kajuit instap. Vriendelik groet die dame haar en vra waarvoor sy lus is.

Met haar roomys in haar hand sien sy op pad na die neus van die boot 'n oop stoel op die punt van die ry. Haastig drafstap sy om by die stoel te kom voor iemand anders die geleentheid sien.

"Ag nee vrek! Kyk waar jy loop!" Die man draai om. Sy oë ondersoek nog wat gebeur het. "Wie stamp en stoot so van agter?" Sy stem is duidelik dat hy nie gelukkig is nie.

"Skuus, kwaaikie, ek bedoel Thomas, ek is op pad na ..."

"Alweer jy?! Sukkel jy om te sien, of is jy net moedswillig?"

"Jinne maar jy is omtrent kort gelont. Pasop vir te veel frons, dit maak plooie." Sy begin soek na die stoel wat oop was.

"Wat is so koud in my rug?" vra hy benoud en draai om.

"O jinne, kyk hoe lyk my roomys! Agge nee. Draai laat ek sien," sê Lee vies.

"Bedoel jy dit is jou roomys wat my rug so koud het? My hemp! Weet jy dat my hemp ..."

Sy gee hom nie kans om verder te praat nie. Lee vryf met die agterkant van haar hand oor sy rug en tik hom op sy blad.

"So ja. Dis beter. Net 'n klein kolletjie," sê sy geamuseerd.

"Dit gaan mos vlek?"

"Nie noodwendig nie, dis roomys. Melk grotendeels. Dalk?" Haar oë soek na haar sitplek. Dit is reeds geneem. Haar koelte hoekie is egter nog oop, niemand het daardie geleentheid gesien nie.

Vir die res van die bootrit staan Thomas met sy rug teen die kajuit sodat niemand die roomys kol kan sien nie. 'n Vuil hemp staan hom nie aan nie. Wat moet die mense op die boot dink van die vuilgat se hemp? Ai, sy verbeelding gaan op hol. Dis asof almal daarop let dat hy iets probeer wegsteek.

Hulle is terug in die hawe. Thomas het absoluut niks van die rit geniet nie. Die hele tyd moes hy botstil staan vir daardie verdomde roomys kol se onthalwe.

Lee gesels weer 'n hond uit 'n bos met die mense soos hul die boot afstap na die hawe se platform. Met die verbystap trek sy hom aan sy arm en sê hard genoeg sodat die nabye passasiers haar ook kon hoor: "Kom aan, wat sal jy nou so staan? Hou by die stroom. Niemand gaan jou rug oplet as jou gesig so lyk nie." Sy hou hom aan sy gewrig vas.

Stomgeslaan met die voorbarige vrou se manier om dinge te sê en doen volg hy maar soos sy gesê het, die stroom. Hy hou niks daarvan wanneer iemand hom voorsê nie, dit laat hom voel soos 'n volgeling wat hy nie wil wees nie.

Lee se foon lui. Met die wat sy haar foon uit haar skouersakkie haal, hou sy nog steeds aan Thomas se gewrig vas. Wat 'n ongemaklike gevoel. Hy skram nog altyd weg van fisiese kontak. Selfs as kind was dit vir hom moeilik om liefde te wys.

Hy maak hom los van haar greep en skud sy kop. Beduie iets met sy hande en maak dat hy by sy motor kom.

Lee is min gepla met wat ook al hy probeer wys of sê. Die gesprek op die foon het al haar aandag.

Op pad huis toe sien Lee die mooiste materiaal wat in 'n winkelvenster gedrapeer is. Sy het egter nie 'n keuse nie, sy moet stilhou. Materiaal was nog altyd haar swakheid. Dit is juis die rede hoekom sy 'n ontwerper wou word. Die kleure en tekstuur van materiaal fassineer haar vreeslik. Smaak en styl verskil van persoon tot persoon, maar mens kan stylvol lyk met min. Die kuns is om goed te lyk sonder om dit te oordoen. Enige kleur en patroon omskep sy in wat ook al wie wil hê. Dis immers haar passie. Haar beroep. Haar persoonlikheid help ook dat sy met enigeen kan eerlik wees oor hul keuses van kledingstukke.

Met 'n paar sakkies in haar hand stap sy haar huis binne. Sy het darem nie heeltemal handuit geruk nie. Net genoeg vir vyf bloesies en drie broeke. Blommotiewe bly haar eerste keuse. Dit is egter wat sy altyd ook eerste raaksien. Blomme is stylvol, altyd in die mode en natuurlik vroulik.

Haar ketel fluit skaars of iemand klop aan haar deur. Sy verwag niemand vir 'n pas of het geen ander afsprake waarvan sy vergeet het nie.

"Lee!" Haar vriendin Maryke val sommer die huis binne.

"Kom binne, maak jouself tuis," sê Lee laggend en wys met haar hand sy moet deurstap kombuis toe.

"Koffie sal lekker wees, dankie," sê Maryke uitasem.

"Terwyl jy hier rondstaan, skink solank. Ek kom, ek gaan net gou iets haal wat ek jou wil wys."

"Wag, ek is eintlik hier om vir jou iets te sê," keer Maryke vinnig.

Na 'n paar sekondes is Lee terug met haar stukkies lap oor haar arm en die koffie staan op die toonbank. Sy wys vir Maryke wat sy pas gekoop het op pad huis toe.

"Oe, dis pragtig!" beaam Maryke met oë wat glinster.

Lee vou die lap weer mooi op en kyk vraend na Maryke. "Jy wou my iets sê?"

"Ja, daar is 'n vriend van Gustav wat saam hom op universiteit was en ..."

Lee val haar in die rede: "Nee, nee, nee, ek weet wat jy wil doen. Ek sê sommer by voorbaat nee dankie. Ons het al hierdie gesprek gehad, ek is heel gelukkig op my eie. Daar is in elk geval altyd iets aan die persoon wat my afsit. Of andersom. So spaar jou asem." Lee draai om en loop om die materiaal te gaan wegsit.

Maryke loop agter haar aan na haar werkskamer. Al haar poppe het egter halfklaar kledingstukke aan wat met spelde vasgesteek is.

"Sjoe, lyk my jy is besig, nè?" Sy voel aan die bloesies. Lekker sag ook, en sal vleiend sit aan die voller figuur, dink Maryke. Sy verteenwoordig immers die voller vrou. Die teendeel van Lee wat haar lewe lank so skraal en sexy gebou is. Sy kon nog altyd proe en peusel aan wat sy wil en nie 'n gram vet aansit nie.

Lang, lenige bene met definisie waar dit saak maak. 'n Perdebylyfie met 'n plat magie en perfekte borsies. Bystekies, soos haar ouma parmantige klein borsies altyd genoem het. Haar lang donkerbruin krulhare hang effe deurmekaar oor haar smal skouers tot in haar dun middeltjie. En moenie dat daai groot, sagte bruin bokkie-oë jou flous nie, dit vat nie veel om hulle gevaarlik te laat vonke spat wanneer sy verkeerd opgevryf word nie. Vrolik geblomde uitrustings kleur haar in.

Maryke aan die ander kant, is 'n plain Jane. Mollig, met kort vaalbruin hare en blougroen oë. Swart, wit en navy is haar keuse vir al haar uitrustings. Sy glo dit laat haar vol figuur slanker vertoon.

"Asseblief, Lee. Net nog die een keer, dalk hou julle van mekaar." Maryke staan met haar hande teenmekaar asof sy haar smeek.

"Wat doen hy vir 'n lewe?" sug Lee

"Jay!"

"Nee, wag! Antwoord eers my vraag," sê sy met haar hande op haar heupe.

"Hy is 'n boekhouer. Het in Johannesburg gewerk, maar hy het onlangs sy kantoor Kaap toe geskuif."

"'n Boekhouer? Mens, hul is mos prim en propper? Uiters vervelig. Nee, ek weet darem nie ..." Lee begin verveeld peusel aan 'n koekie uit die koekblik.

"So, ek kom kry jou so sesuur? Ons gaan eet by die nuwe plek wat hier naby oopgemaak het. Hy sal ons daar kry." Maryke wil op en af spring van opgewondenheid.

"Nee, ek kry jul daar. Ek ry self, as die situasie nie na wense is nie, klim ek in my motor en kom huis toe!" skree Lee agter Maryke aan toe sy by die deur uitwals van opgewondenheid. Lee se oë rek. Net nog 'n aand wat sy teen haar denkbeeldige duimspykermuur kan vaspen. Niks sal daarvan kom nie. Wat besiel Maryke om gedurig vir haar afsprake met potensiële pasmaats te wil reël? dink sy verergd.

Hoofstuk 3

Lee staan voor haar klerekas en wonder of sy sal hou by die normale blomme-tema en of sy sommer moedswillig weird gaan aantrek. Sy's immer nie lus vir hierdie ete besigheid saam 'n vreemde persoon nie. Gaats, sy besef sy het nie eers gevra wat die man se naam is nie. As dinge skeefloop vanaand, soos wat sy verwag, sal daar tenminste ander gesigte wees met wie sy geselsies kan aanknoop.

Blomme wen egter weereens. Met 'n pragtige ligblou geblomde rokkie wat tot net bokant haar knieë hang, silver sandale en haar krulle bo op haar kop gestapel sodat sy haar mooi oorbelle kan beklemtoon, lyk sy asemrowend. Die rokkie het dun spaghetti-bandjies oor haar skouers en is agter laag gesny wat 'n deel van haar rug ooplaat. Die hals van die rok doen ook sy deel, haar twee prominente angeltjies is giftig. Nou is dit net om haar gesindheid reg te kry vir die aand. Dalk, net dalk hou hy van haar. Of sy van hom.

Lee sit in haar motor voor die restaurant vir Maryke en haar kêrel Gustav en wag. Eerder vroeg as laat en om vir iemand te wag het niemand al ooit doodgemaak nie. Maryke-hulle hou 'n paar parkeerspasies van haar af stil. Sy klim uit, sluit haar motor en gaan ontmoet hul by hul motor.

"Jy lyk pragtig, Lee, soos altyd," komplimenteer Maryke haar en glimlag breed.

"Dankie. Uhm ... jong, ek het netnou besef ek het nooit gevra wat die vent se naam is nie. Ek kan sekerlik nie saam met iemand eet en hom Spokie noem nie?"

"Thomas Bruwer."

"Ugh, ek het net gister in 'n Thomas vasgeloop, letterlik. Ek weet nie wat sy van is nie, maar hy was 'n regte suurknol," sê sy met 'n ontevrede trek op haar gesig.

"Jy worry verniet, vriendin, nie alle mans is suurknolle nie, en hier is beslis meer as een Thomas in Bloubergstrand. Kom laat ons ingaan." Maryke neem haar hand en stap na binne. Lee is so op haar senuwees, sy het nog nie eers vir Gustav gegroet nie.

"Naand, Gustav, skuus, dis net ..." en sy vee die gesprek met haar hand na agter.

"Naand, Lee. Dankie vir jou moeite, ons waardeer. Ek het maar net gedink Thomas is kort hier in die Kaap en hy ken nie regtig mense nie. Aangesien ons so dikwels bymekaarkom vir 'n braai, kan ons julle sommer nou aan mekaar voorstel met die hoop ..."

Lee se oë vee oor die bedrywighede in die oorvol restaurant en kom tot ruste op 'n donkerkopman agter in die restaurant. "Daar is die ongeskikte buffel van 'n mens! Jinne, moet ons mekaar dan nou weer raakloop? Hy hou niks van my nie. Ek moes dit gister 'n paar keer hoor." Sy laat sak haar kop agter Gustav in. "O, steek my seblief tog net weg," sê Lee saggies.

Gustav kyk rond, soek kamma na die persoon asof hy weet van wie sy praat. Hy wink vir Maryke. "Kom, ek sien Thomas is klaar hier."

Lee loop koes-koes gebukkend agter Gustav aan deur die volgepakte restaurant en kom uiteindelik regop toe hulle by die tafel kom waar Thomas sit. Haar gesig spreek boekdele. "Jy?!"

Thomas se oë rek. "Nee! Nie al wéér jý nie."

"Ken julle mekaar?" vra Maryke verbaas.

"Ek het netnou 'n voorgevoel gehad ons praat van dieselfde ... mens," fluister Lee in Maryke sê oor.

"Lee, ontmoet vir Thomas, Thomas dis Lee, sê Gustav om hul aanmekaar voor te stel.

Thomas kyk geskok na Gustuv. "Skuus, ek is nou nie met jou nie. Jy het gesê jul wil my graag voorstel aan 'n vriendin van Maryke, Lee-Anne, As ek geweet het ..." Thomas maak nie sy sin klaar nie.

"Jammer, ek staan hier hoor, ek kan jou hoor. Maar ek kan seker nie iets moois uit jou mond verwag nie? Is jy altyd so suur?"

Daar is 'n groot geselskap aan hulle linkerkant, die tafels is teenmekaar geskuif om almal plek te gee om te sit. Thomas staan op sodat Maryke en Gustuv eerste inskuif. Hy wys Lee moet sit.

"Suur? Wie ek?" vra hy toe hy op die punt langs Lee inskuif.

Maryke bestudeer die spyskaart en ignoreer die twee aan tafel wie so woorde wissel. Hulle sal mekaar seker netnou uitlos. Aan die begin voel-voel mens mos 'n geselskap tot jul op die selfde bladsy is, daarna gaan dit beter.

Lee begin ongemaklik voel met Thomas hier amper teen haar. Sy skuif haar stoel 'n entjie agteruit om uit te kom, maar die gaping tussen die stoele is te nou.

"Kan jy asseblief opstaan sodat ek kan uitkom. Ek moet die kleedkamer besoek?" vra Lee beskaafd. Die man se slegte maniere sal nie op haar afsmeer nie. Dit is 'n belofte aan haarself. Sy kyk na hom en dit lyk vir haar of hy haar nie gehoor het nie. Sy raak aan sy gewrig en vra weer. Hy kyk op en hul oë haak vas. Syne dwaal na 'n paar tellings na haar hals en hy maak sy keel skoon.

Thomas staan op en gee haar spasie om uit te kom. Sy skuur egter steeds teen hom verby. Die plek is stampvol en die kelners is besig.

Haar parfuum slaan op sy bolip vas en krap sy binneste om. Dis sag en lig, nes die rok wat sy aan het, dink hy. Soos sy wegstap bekyk Thomas haar kuite, steeds lê haar parfuum sag op sy bolip.

Hy het net weer sy sit gekry toe is Lee terug en weer vra sy of hy haar 'n gaping kan gee. Sys jammer.

Hy staan weer op en maak plek sodat sy kan inskuif. Lee trap per ongeluk haar eie voet vas en soek plek om aan vas te hou sodat sy nie haar balans verloor nie. Die naaste vatplek is Thomas. Thomas help keer en het hy haar om haar middel beet. Sy sterk arms trek haar teen hom vas, sonder dat hy besef hoe naby hy haar egter aan hom het. Hy het groot geskrik.

Lee se hande vou oor syne wat op haar maag rus. "O jinne, jammer. Ek...ek is lomp," maak sy verskoning.

Maryke skud haar kop oor wat tussen die twee gebeur en glimlag. "Ja, soos altyd, Elke outjie maak 'n foutjie," sê Maryke en kyk na Thomas wat nog steeds aan Lee klou.

Lee voel hoe haar wange rooi raak, Sy maak die groot hande om haar lyf los en maak haar gemaklik aan tafel. Gelukkig kom hulle kos en het sy iets om haar hande wat liggies bewe, mee besig te hou. Nie meer lank nie en sy is verlos van die aand en al sy dinge.

Gelukkig konsentreer die man langs haar ook hard op die bord kos voor hom en is nie juis spraaksaam nie. Sy suurknol gesindheid kan darem 'n demper op haar verleentheid plaas, maak sy haarself wys. Terselfdertyd trek sy geur haar aandag en sy asem hom diep in. Hy is so aantreklik en sy reuk ... goeiste! Dan is hy nog langer as sy ook, wat in haar oë 'n pluspunt is omdat sy self bogemiddeld lank is.

Sy maak haar oë groot om haarself te stuit in haar gedagtes. Wat het nou in haar gevaar? Sy hou nie van die mansmens nie en hy het dit al 'n paar keer duidelik gemaak sy werk op sy senuwees. Ja-nee, sodra sy klaar geëet het, gaan sy verskoning maak en die hasepad kies. As dit nie vir haar bedagsaamheid was nie, was sy lankal huis toe.

Die ete is verby en op pad uit by die deur herken Lee iemand in die verbygaan, Oudergewoonte stop sy dood in haar spore om eers 'n geselsie aan te knoop.

Vriendelike gesigte trek vriendskappe, dit is 'n feit soos 'n koei.

Dié keer bots Thomas teen haar en nie soos gewoonlik anders om nie. Hy keer weer met sy hande, maar die keer trek hy Lee so styf teen hom vas, hul asems laat hoendervel in hul albei se nekke. Vir 'n oomblik staan hul botstil. Hy verslap sy greep en sy hande gaan stadig oor haar rug. Hy maak kennis met haar vel. Dit is sag, nes haar parfuum.

Thomas kners verwoed, want binne hom is daar oorlog. Hul oë ontmoet weer en Lee se mond trek effe na bo. Sy probeer keer, maar sy is van nature 'n vriendelike en opgewekte mens, sy kan nie anders nie. Thomas se hande laat haar vry. Lee draai om en stap na buite.

"Nag, kwaaikie, dankie vir jou moeite om vanaand te kom, mooi aand." Sy bedank Maryke en Gustav vir die aand, groet hulle en stap na haar motor.

"Nag." Thomas staar haar ingedagte agterna. Dis eers toe Gustav hom op sy skouer druk dat hy besef hy staan nog net daar. Lee se motor trek al by die parkeerarea uit.

"Ek het jou gesê ..." sê Gustav vir sy jarelange vriend en wys hom sy wysvinger asof hy 'n kind tug.

"Nee, jy's nou verspot, nie daai wilde katjie nie. Sy is bitsig en praat hopeloos te veel. Ek hou van rustigheid en stilte, jy weet dit tog." Dis asof hy homself ook probeer oortuig.

"Ons praat môre, ek bel jou," groet Gustav en Maryke hom en die drie stap na hul motors.

Hoofstuk 4

Die buurman se kapokhaan kraai al voordag. Iemand sal daardie haan moet verduidelik wat dagbreek beteken, hy kraai tydig en ontydig en beslis soggens hopeloos te vroeg. Lee probeer nog 'n rukkie lê. Haar eerste kliënt is eers later vandag op haar rooster, so sy mag maar inlê.

"Die verdomde haan!" Sy gooi die komberse van haar af. Haar roetine soggens is ononderhandelbaar, seker nog iets wat 'n man eendag sal afsit, dink sy toe sy op die mat neersak en begin strek. Klere beperk haar bewegings, veral met die strekoefeninge soggens, so sy doen dit graag in haar geboortepakkie.

Haar spiere los van die gestrek en meer lus vir die dag, geniet sy haar chai tee op haar stoep met haar dagboek byderhand. Net twee afsprake vir die dag en albei is eers vanmiddag. Sy kan die klere begin knip wat sy van die mooi vrolike materiaal wat sy gekoop het wil maak.

Lee sit al haar gereedskap reg, spelde skêr, snywieletjie en haar materiaalkryt vir die merk slag. "So ja, nou kan ek begin." Sy vryf haar hande teenmekaar.

Sy sukkel egter om aan die gang te kom. Haar rokkie van gisteraand hang oor haar kamerdeur, sy wou hom in die wasmasjien gooi voor sy begin werk, maar Thomas se reuk klou aan hom vas. Gisteraand se lompheid het gesorg vir vreemde gevoelens en absurd gedagtes. Wat sal die rede wees dat die man se gesig so kort-kort by haar spook? Hy is aantreklik wanneer hy nie frons nie, sy wonder hoe hy sou lyk wanneer hy wel glimlag.

Sy ruik vir oulaas aan haar rok en asem sy geur diep in, plegtig hang sy hom weer oor haar deur. Sy sal hom later was, dink sy.

Haar hande vryf die materiaal en voel die tekstuur saggies terwyl haar gedagtes dwaal. Hy was darem maar baie naby aan haar gesig. En sy asem ... Hoendervel kruip op tot by haar kroontjie. Genade, wat is dit met my? 'n Mens sou sweer ek het nog nooit saam met 'n man in 'n restaurant geëet nie. En dit is nie asof dit 'n afspraak was nie, ek was saam met Maryke en Gustav uit vir aandete. Thomas was egter net 'n bysaak.

Heelwat later het Lee steeds net een bloes en een broek uitgesny, dit is amper tyd vir haar eerste kliënt se passing. Lee sit die tafel met die sap en peuselhappies reg, een van haar maniere om iemand te laat tuis voel. Ietsie te peusel, te drinke en lekker geselskap, werk nog elke keer vir haar.

Haar eerste kliënt hou stil voor haar huis.

"Welkom. Kom binne. Maak jouself asseblief tuis, ek kry net gou jou goedjies." Lee wys na die tafel vol lekkerte. "Kry solank iets om aan te peusel."

Lee stoot die reling met die dame se kledingstukke na die hoek in haar werkskamer wat sy met geblomde gordyne afgeskort en met vollengte spieëls toegerus het. Dit helder die aanpashoekie vrolik op en gee die vaal werkskamer lewe. "Jy kan maar op jou tyd aanpas. Roep gerus as daar iets is wat verander moet word, of as sy nie tevrede is met 'n stuk nie."

Lee knip solank uit aan haar ander items terwyl die dame aanpas.

Na 'n geruime tydjie kom die dame uit die aanpashoekie. "Alles pas perfek, baie dankie. Kan ek dit vandag al saamneem of is daar iets waarvoor ek moet wag?" vra die dame beleefd.

"As as jy tevrede is met alles, mag jy die uitrustings saam met jou neem," antwoord Lee haar vriendelik.

Haar deurklokkie lui. Sy kyk na haar horlosie teen die muur, sy battery is wragtie alweer pap. Hoe sy dinge op tyd gedoen kry, weet die vet alleen. Haar foon se tyd sê egter dit is te vroeg vir haar volgende afspraak. Wie sal dit wees?

"Ek gaan kyk gou wie is by die deur," maak sy verskoning en gee lang treë na die voordeur.

Die deur is oop, maar die veiligheidshek is gesluit. Haar oog vang die rugkant van 'n lang man met donker hare. Hy hoor haar aankom en draai om. Met sy hande in sy sakke groet hy haar kortaf.

"Thomas? Wat op aarde maak jy hier? Is iets fout?" vra sy verbaas. Sy haak die sleutel van die hakie teen die muur af en sluit oop. "Wag, kom in, ek is net besig met 'n kliënt agter in my werkskamer, sluit die hek agter jou." Sy druk die hek se sleutel in sy hand en draf terug na haar werkskamer.

"Jammer, vir die onderbreking, Mevrou." Sy vou die kledingstukke netjies op en sit dit in 'n mooi geblomde sak. "Dan ons sien gou weer," groet sy vriendelik, stap saam met die vrou deur toe. Die staalhek se sleutel hang weer aan die hakie teen die muur. Sy sluit oop en laat die vrou uit.

Sy vind Thomas hande oor sy bors gevou in haar kombuis staan en wag. Hy wou seker nie gaan sit en homself gemaklik maak nie. Hy het egter nie genoem hy kom inloer by haar nie. Hoe hy geweet het waar sy bly sal sy wel nou uitvind.

"Thomas, waarmee help ek? Is daar fout êrens?" vra sy bekommerd.

"Skuus, nee daar is nie fout nie. Maryke het genoem dat jy klere maak, en ek wil net by jou hoor of jy kans het om vir my 'n paar formele oopknoophemde te maak? Ek kan nie winkelklere dra nie, dis of te groot of te knap. Veral oor my skouers. Ek het altyd vir my laat maak in Johannesburg, en noudat ek hier is ... ek weet nie by wie anders om aan te klop nie."

"Hoe haastig is jy daarvoor? Ek het 'n paar stukke materiaal wat geskik sal wees vir manshemde. Ons kan 'n afspraak maak vir môreoggend as dit jou sal pas, sodat jy kan besluit waarvan jy hou. Ek sal dan sommer jou mates ook neem." Net die gedagte dat sy aan hom sal moet vat om sy mates te neem jaag haar hartklop op hol.

"Ek is nie haastig daarvoor nie. Ek het darem nog 'n paar netjiese hemde vir werk. Die ander begin egter nou deurgewas raak. Dalk kan ek jou tyd spaar en my mates wat die dame geneem het wat voorheen my hemde gemaak het, saambring."

"Dankie, dit sal baie help," sê Lee en kan nie help om verlig te voel nie.

Die deurklokkie lui weer. Haar volgende afspraak het opgedaag. "Jammer, ek gaan vir die volgende uur of so besig wees met 'n kliënt. Help jouself gerus met iets te drinke."

Thomas maak verskoning en groet tot môre. Hoekom hy so uitsien na die volgende oggend weet hy nie. Dis net hemde, en hy is tog gewoond daaraan om gemeet te word. Al sy klere is nommerpas gemaak. Sy netheid is vir hom netso belangrik soos die feit dat sy syfers moet klop.

Toe Lee die deur agter haar tweede en laaste afspraak sluit, skop sy haar skoene sommer net daar by die deur uit. Gooi vir haar 'n glas wyn en gaan sit op haar agterstoep.

"Salig en vrede!" sê sy hardop. Sy het skaars haar kop agteroor laat sak of die gedagte dat sy Thomas môre weer gaan sien skiet meteens by haar op. "Ek wonder hoe lyk hy sonder 'n hemp?" 'n Warm gloed stoot in haar nek op. Sy is sommer kort van asem ook.

Skielik herinner dit haar aan haar rok wat nog oor haar kamerdeur hang. Sy staan op en gaan haal haar rok in haar kamer. Lee neem weer haar plek in haar stoel in en asem soos 'n verliefde tienermeisie haar rok se geur in. Dit ruik nog so Thomas, so maklik, maar tog nie oordonderend nie. Sy sit haar voete op die stoel oorkant haar, drapeer die rok oor haar skouer en neem elke bietjie geur beskikbaar diep in. Haar gedagtes neem die trein en dit neem haar ver weg van haar hede. Dit word 'n wegholtrein na 'n wyle en sy sit meteens regop.

"Genade, Lee-Anne, ruk jou reg!" sê sy hard sodat sy haarself kan hoor. As dit haar nie wakker kry nie sal niks. Net die idee van hom in haar persoonlike spasie laat haar op haar tande kners. Sy wonder hoekom hy so 'n nors mens is. Vandag was hy egter so 'n bietjie meer ontspanne. Seker oor hy iets van haar nodig het. Tipies man.

Die nag neem ook sy tyd sy is kort-kort wakker. Haar rok lê mooi oopgesprei oor die kussing langs haar. Sy reuk hang in haar kamer.

Hoofstuk 5

Sy druk haar wekker dood. Haar hart begin jaag as sy dink aan haar afspraak wat voorlê met Thomas. Sy hoop nie hy kom agter hoe haar lyf reageer in sy nabyheid nie, sy wil nie 'n gek maak van haarself nie .... Sy weet nie of sy moet lag of huil nie en gee een groot sug.

Soos oudergewoonte voer sy haar strekbewegings uit om die dag mee te begin, maar haar aandag is nie by wat sy doen nie. Kort-kort kyk sy na haar foon om die tyd dop te hou. Sy wil die huis regtrek en netjies kry voor Thomas opdaag. Sy het gesê hy moet vroegoggend kom, maar het egter nie vir hom 'n spesifieke tyd gegee nie. Haarself in die voet geskiet, besef sy nou terwyl sy die afspraak-rok van haar bed af optel, 'n rukkie teen haar vasdruk, diep daaraan ruik en weer oor die deur hang.

Na haar oggendroetine en chai tee trek sy vir haar gemaklik aan. Dit is immers vroeg warm, so 'n ligte somersrokkie sal die ding doen. 'n Blommetjies een natuurlik. Haar hare maak sy hoog op haar kop vas om die windjie in haar nek te kan voel. Sy kry baie vinnig warm wanneer haar hare los hang. Kaalvoet. Ja, kaalvoet om lekker ontspanne met moeder aarde kontak te maak.

Sy sit 'n skinkbord eetgoedjies reg, sommer 'n verskeidenheid koekies en beskuitjies. Dit sal kan dien as 'n lekkerny asook ontbyt indien hy nog nie geëet het nie. Sy is net betyds klaar, want haar deurklokkie lui.

Op pad voordeur toe spuit sy parfuum aan haar polse en in haar nek. Sy is nou reg vir die dag.

Lee maak die deur oop en voel sy kan op haar rug omdop van die prentjie voor haar. Thomas het 'n denimkortbroek aan en sy kuite is die prys. Mens kan hulle nie miskyk nie. Sy hemp span effe om sy bo-arms, Haar verbeelding gaan op hol, haar hartklop jaag resessies in haar borskas. En toe onthou sy hy is maar 'n knorpot en nie baie vriendelik nie. Sy sluit die veiligheidshek oop en staan opsy sodat hy kan instap. Lee let egter op dat hy geen papiere of notas in sy hande het nie, net sy foon en sleutels. Vervlaks! Ek gaan hom tien teen een moet meet, raak haar gedagtes weer op hol.

Thomas gaan staan in die kort gangetjie voor die kombuis se ingang en kyk na haar. Hy sê niks.

Lee het hom deeglik agterna gekyk soos hy verby haar gestap het. Die man het kurwes op die regte plekke, en mooies daarby. Vir 'n man wat met syfers werk lyk hy nogal fiks, dink sy.

"Jy oefen?" Nog voor sy kon keer is dit uit en sy byt op haar lip.

Thomas byt die binnekant van sy wang vas om nie te glimlag. Sal dit nou sy kans wees om haar te terg?

"Ek oefen ja, nie so gereeld soos ek graag wil nie, maar ek kry tog party dae 'n tydjie om stoom af te blaas in die gym. Beloer jy my sowaar?" en die keer is dit hy wat sy kans kry om vir haar oog te knip. Sy doen dit mos tog so graag, dink hy.

Sy voel hoe haar gesig warm word en kan hom nie in die oë kyk nie. Sy is uitgevang. Wat moet hy nou van haar dink? Hy dink hoeka klaar sy is 'n voor op die wa vroumens. Sy bring haarself weer terug aarde toe en bied vir hom koffie aan.

"Dankie, dit sal lekker wees." Sy mond trek effe en Lee wil haar verbeel dat hy amper 'n glimlag in haar rigting gestuur het, maar dit moes haar verbeelding gewees het. Sy glo nie hy is daartoe in staat nie. Ou kwaaikie.

Sy skink vir hulle koffie en dra dit op 'n skinkbord na die sitkamer met hom wat haar volg. Hy gaan sit op die rusbank.

"Swart en bitter, asseblief," antwoord hy nog voor sy hom vra. Die man is daaraan gewoond om bedien word, dink sy en plooi haar voorkop. Sy tel sy koppie op en met die aangee verloor sy haar balans en mors warm koffie oor hom uit.

Thomas spring op en vryf oor sy bors. "Sjoe, maar dis vreeslik warm!"

Lee sit haastig die koppie neer en begin sy knope losmaak.

"Wat maak jy nou?" vra hy benoud. Sy lyf brand van die warm storting.

"Ek help jou om van jou hemp ontslae raak, dit sal keer dat jy verder brand. Kom, trek uit!" beveel sy hom.

Sy hande is dom en Lee ruk ’n knoop of twee in die proses af. Eers toe sy hemp uit is, besef sy wat sy gedoen het.

“Genade vroumens, jy is omtrent ’n ongeluksvoël!” Hy is duidelik woedend.

Lee steur haar nie aan hom nie. Hy kan maar sy humeur sluk. Haar huis, haar reëls. Hy het na haar toe gekom vir hulp, nie anders om nie. Lee neem sy hemp, hardloop badkamer toe en gooi dit in haar wasmasjien. Sy let dat haar rok oor die deur hang en gooi hom ook sommer in.

Terug in die sitkamer is Thomas besig om haar bank se kussingsloop af te trek. “Jy het koffie op hom ook gemors.” Hy kyk na haar en skud sy kop.

“Ja toe, asof jy nooit foute maak nie?” en sy tik hom op sy skouer. Na die tik besef sy hoe warm sy liggaam is. Sal dit van die warm koffie wees, of is sy liggaam van natuur so warm? Sy laat rus haar hand langer op sy skouer en net daai oomblik is lank genoeg om haar hele liggaam die wolke in te stuur.

Thomas kom agter in haar lyftaal sy is ongemaklik. “Wat nou van my hemp?”

“Ek het dit in die wasmasjien gegooi, dit het ’n droër funksie ook en sal vinnig droog word. Jy kan dit weer aantrek voor jy ry, as dit is waaroor jy bekommerd is?” Haar oë beweeg oor sy gespierde bolyf, asof sy elke millimeter skandeer en in haar brein stoor.

“Het jy nog nooit ’n man sonder ’n hemp gesien nie?” vra hy spottend en vryf oor sy gespierde maag.

Lee soek na haar maatband om haar gedagtes te onderbreek, wat visies by sy spiere en sy sterk arms vasgehaak het.

"Ek neem aan jy het nie jou mates gebring nie, so laat ons jou gou meet, dan wys ek jou die materiaal wat ek hier het."

Lee wys hom in die rigting van haar werkskamer.

"Jy mag maar jou skoene uittrek as jy hou van kaalvoet loop, ek loop meer sonder skoene as met. Baie meer ontspannend," stel sy voor.

Thomas laat hom nie weer nooi nie, dit is immers warm en die koue teëls onder sy voete help met die afkoel. Hoekom hy so vreeslik warm kry, is hy nie seker nie. Die koffie-insident het 'n rukkie gelede al plaasgevind en die huis se lugreëling is aan. Maar die hitte bou op onder sy kennebak ...

Lee trek haar notaboek en potlood wat op die werksblad lê nader en tel die maatband op. Sy probeer haar gevoelens onder begeer kry en die man voor haar benader soos wat sy een van haar kliënte sal benader. Professioneel, soos dit van haar beroep verwag sal word.

"Kom staan asseblief vir my hier voor die spieël sodat jy kan sien hoe ek jou mates neem. As jy voel die lengte of breedte van wat ek meet moet volgens jou voorkeur verander, dan moet jy my sê, asseblief." Sy staan agter hom, maar sy kan haarself nie sien in die spieël nie, sy is baie kleiner as hy. Sy sit haar hande op sy skouers, dis koud.

Lee beduie vir hom iets oor die mou se hang en kraag se punte, maar hy neem niks in nie. Hy knik net.

Sy lyk vandag vir hom mooi, net soos gisteraand. Sag en vroulik. Die houtblok waarop hy staan, wanneer Lee haar kliënte se broeklengte meet, is bietjie klein, hy pas net daarop.

"Jy sal moet afklim, ek kan nie jou nek lekker meet nie, jy is te hoog." Sy vat sy hand en help hom van die blok af.

Thomas is ten volle bewus van haar hande. Die koue daarvan teen sy warm lyf voel hemels. Met die wat hy afklim en langs haar staan, vang hy haar groot bokkie-oë op hom in die spieël. Sy mondhoeke trek die keer beslis.

"Jy moet meer glimlag," sê sy ernstig.

"Skuus?"

"Jy lyk amper aangenaam wanneer jy glimlag, jy kan dit gerus meer probeer," sê sy sarkasties.

Sy lok hom uit, hy kan hom tog so gou vererg. Sy weet ook hy kan nêrens heen vlug nie, want sy het nog sy hemp. En hy kom nie voor as iemand wie kaal bolyf gesien wil word nie.

"Is jy amper klaar? Jou hande ..."

"Is koud, ek weet. En jy's vuurwarm." Sy bloos bloedrooi toe sy besef wat sy nou gesê het. Dit het beslis nie reg uitgekom nie. "Ek...ek bedoel jou liggaam voel warm," probeer sy haar flater regstel.

Thomas loer oor sy skouer na haar met 'n snaakse kyk in sy donker oë. Dit laat haar nog meer bloos en sy laat val haar maatband. Hulle buk gelyktydig en stamp hul koppe teenmekaar.

"Eina! Jinne, jy en jou lompheid." Thomas hou sy kop vas.

"Ek? Hoekom het jy ook gebuk? Ek kan my eie goed optel. Ek is jare al gewoond om my eie ding te doen," antwoord sy hom vies.

"So jy erken jy is lomp?" sê hy met 'n breë glimlag. Sy gesig helder op en sy verkyk haar aan die diep kuiltjies in sy wange.

"Liewe aarde maar jy's mooi," hardloop haar mond haar vooruit. Waar is jou vermomde brieke, Lee, dink sy en knyp haar oë toe.

"Sê weer?" sê hy en tree nader.

"Ek bedoel ..." Vir 'n oomblik is daar stilte. Lee is nog geskok oor haar uitlating en Thomas nie seker wat om daarmee te maak nie.

"Kom, so gaan niks gedaan kom nie, stap saam," beveel sy. "Kom jy?" Lee draai om en loop na haar stoorkamer met rakke wat van bo tot onder gepak is met bokse en bokse materiaal, maar vreemd genoeg, wanneer sy vir haarself iets wil maak, koop altyd net genoeg van dié spesifieke lap.

Thomas se liggaam reageer vir 'n oomblik op die lae temperatuur regdeur die huis en hy slaan hoendervel uit. Nou is alles prominent. Lee sukkel om te konsentreer op die materiaal waarna sy soek. Dit neem 'n tydjie voor sy die naam van die boks raaksien waarin die hempmateriaal gestoor is.

Thomas merk haar verstrooidheid op en voel in beheer vir die eerste keer vandat hul ontmoet het en hy hou daarvan. Gewoonlik druk hy al sy tyd pens en pootjies in sy werk in, maar die vrou maak iets in hom wakker wat hy nie ken nie. En vir die eerste keer voel hy anders as verlore wanneer hy nie werk nie. Wat hy voel is hy nie seker nie, maar hy verwelkom dit. En die feit dat sy so snaaks optree sê vir hom daar is iets aan die broei hier. Al is dit net vir hierdie oomblik.

Om sy vermoede te bevestig tree hy nader aan haar terwyl sy deur die boks materiaal delf vir die regte kleur materiaal om by sy donker oë te pas. Sy donker hare maak dit ook makliker, ligte pastelkleure sal hom nie komplimenteer nie. Sy tree is net te groot en hy eindig op reg agter haar.

Lee voel hom teen haar rug. Haar hele liggaam skakel af. Sy staan stokstyf soos 'n soutpilaar en staar met groot oë na die boks voor haar. Wat gaan nou aan, wonder sy maar sê absoluut niks.

Thomas kan nie haar reaksie sien nie en hoekom hy haar so wil toets weet hy ook nie. Sê nou sy gee hom 'n plathand.

"Jy ruik lekker," fluister hy in haar nek met sy mond bykans teen haar vel. Steeds geen reaksie nie. Sy een hand laat rus hy op haar heup en met sy ander draai hy haar om sodat sy na hom kyk.

Haar oë is toe, maar sy kan hom ruik. Sy geur neem haar weg na 'n ander wêreld. Vir 'n oomblik is haar gedagtes baie ver. Sy kry vir niks in die wêreld haar oë oop nie. Sy wil ook nie vir Thomas wegdruk nie. Wanneer laas het ek so gevoel? vra sy haarself stilletjies in haar gedagtes. Sy is tog so bang hy kan haar gedagtes lees. As hy moet weet wat nou in haar kop afspeel ...

Thomas se hormone neem sy liggaam oor en hy buk af. Met sy hand onder haar ken lig hy haar gesig op sodat hy haar mond kan sien. Steeds is haar oë toe. Haar yskoue hande teen sy bors neem sy liggamshitte in en sy kan sy hartklop voel. Thomas soen haar nie. Hy beweeg sy mond liggies oor hare sodat hul monde net bewus is van mekaar. Hy waardeer haar asemhaling ten volle. Wat nou met hom aan gaan weet hy nie. Dit is die eerste keer in sy lewe wat iemand hom so laat voel. Wakker. Sy lewe is vaal en vervelig en hy maak staat op feite, hier gaan hy egter op gevoel. En hy hou daarvan.

Lee raak kortasem en druk hom effe weg. Haar oë gaan oop, vraend. Sy kyk hom stip in sy oë. "Wat maak jy?"

"Ek... ek is self nie ... seker nie," antwoord hy en vir die eerste keer in sy lewe stotter hy.

Lee los hom net daar in die middel van haar stoorkamer om sy hemp uit die wasmasjien te gaan haal. Haar hart voel of dit uit haar borskas gaan klim so woes gaan dit tekere. Die briesie in die gang val koud op haar vel, die oomblik het haar in sweetdruppels laat uitslaan. Hoendervel hardloop oor haar liggaam.

Sy kom terug met die hemp wat nog ietwat klam voel. Hy staan nog op die presiese plek waar sy hom gelos het. "Trek aan, ek sal vir jou foto's stuur van die materiaal as ek dit opgespoor het, dan kan jy kies waarvan jy hou," sê sy met haar oë op die grond. Sy voel baie selfbewus, iets wat min gebeur. Sy is gewoonlik vol selfvertroue en lewenslus en gesels maklik met ander mense. Maar nou voel sy broos, lighoofdig en baie skaam.

Speel die man nou met haar vir die lekkerte, of wat dink hy doen hy? Eers is hy so suur jy kan van hom kaas maak en nou is hy in haar spasie, soekend na iets wat sy nie weet of sy dit vir hom kan gee nie. So naby, sy kan hom proe.

Lee help hom met sy klam hemp en al uit die huis uit en maak die deur agter hom toe. Vir 'n oomblik staan sy met haar rug teen die deur en byt haar onderlip in verwondering. Die man gaan my wen, bevestig sy met 'n bewende liggaam.

Thomas sit 'n tydjie in sy motor, baie verward met wat gebeur het. Wat het in hom gevaar? dink hy en hou sy kop vas. Ek gaan haar weer in die oë moet kyk. Ons het gesamentlike vriende ... en hoekom kan ek nie dink wanneer ek naby haar is nie? Sy moet dink ek is 'n kansvatter, ons ken mekaar skaars 'n paar dae en dit is nie asof dit van die staanspoor af goed gegaan het nie. Ons ontmoeting was maar soos sy dit sou stel ... suur. Aarde sluk my in.

Hoofstuk 6

Dis nagdonker en Lee se oë bly soek na antwoorde teen haar plafon. Maar niks wat sy haarself wysmaak maak sin nie. Hoekom sal die man dink dit is reg om haar so op te werk en haar dan nie soen nie? Wou hy haar soen en sy het dalk die oomblik bederf? Soveel vrae omtrent die dag, maar een ding is seker, hy het haar bloed laat kook soos niemand dit vantevore kon regkry nie. Wie sou nou dink dat ou knorpot so 'n kant van hom sal wys?

Liggaamlik oorstuur en emosioneel onseker wat dit nou alles vir hulle sal inhou, probeer sy haar oë sluit, maar die man se gesig bly by haar opkom. As hy net nie so nors was nie, dink sy.

Bliep ... gaan haar foon af. Dit is 'n boodskap van Thomas. Lee is te bang om te kyk. Miskien moet sy kyk net om haarself gerus te stel, want haar gedagtes maak amok.

Sy lees sy boodskap: *Is jy nog wakker?*

Lee: *Ja, hoekom?*

Thomas: *Ek het iets vergeet ... kan ek gou oorkom?*

Lee: *Kyk wat is die tyd. Kan dit nie wag tot môre nie?*

Thomas: *Wie is nou die kwaaikie? Dit sal gou wees.*

Lee: *Goed dan, as dit regtig dringend is.*

Thomas: *Dit is. Nou daar.*

Lee trek haar kamerjas aan, want sy kan nie in haar nagrok voor Thomas loop nie. En wat sal hy elk geval die tyd van die nag by haar soek? Hy het sy hemp klam aan sy lyf hier uit vandag, minus 'n knoop of twee, en hy het niks anders by hom gehad nie. En hy wat so nors en sku voorkom het nie juis ooghare vir haar nie. Wat vandag gebeur het gaan haar verstand te bowe.

Nie lank nie en daar is 'n sagte klop aan die deur, so asof iemand bang is die hele buurt word wakker.

Lee maak haar voordeur oop en Thomas staan met sy hande vol en wink met sy kop dat sy moet oopsluit.

"En dit?" vra Lee terwyl sy oopsluit.

" Warm sjokolade, ek kon nie slaap nie toe wonder ek of jy ook saam my sal warm sjokolade geniet?"

As jy dit vir my oor die foon gesê het het ek jou ingelig dat ek net chai tee drink, warm sjokolade is ongesond."

"Kan ek inkom of gaan jy my buite laat staan met die goed? As jy nie wil hê nie, drink ek dit en jy maak vir jou chai tee," stel hy voor.

Lee laat hom in en hulle stap reguit kombuis toe. Die feit dat sy oor 'n paar ure moet opstaan om te werk hang in haar agterkop, maar hoe jaag sy Thomas huis toe? Sy kan hoe moeg wees, maar haar maniere sal sy nie vergeet nie.

"So wat het jy vergeet, kwaaikie?" vra sy met 'n sug wat vir haar klink of dit weergalm tot by die bure se agterdeur.

"Jy's vinnig op die man af, jy gee mens nie eers tyd om ..."

Sy val hom in die rede: "Dis juis die tyd wat my so omkrap, slaap jy nie of slaap jy net sleg?"

"Ek...ek," hy kry nie 'n woord uit nie. Al waaraan hy kan dink is die feit dat hy haar nie vandag gesoen het toe hy die kans gehad het nie. Hoe kon hy so 'n geleentheid laat verbygaan het? Thomas suig sy asem diep in en sit die koppies wegneem sjokolade op die toonbank neer. Hy tree in haar rigting en Lee se lyf staan weer stokstyf asof sy wag vir hom om sy plek teen haar in te neem. Thomas se hart jaag die vlaktes in en dit voel vir hom alles staan stil.

"Ek het vergeet om ..." Hy tel haar ken op met sy vingers en soen haar saggies op haar mond. Eers 'n sagte piksoen om die water te toets, maar Lee se lippe gee antwoord op syne en hy soen haar met meer passie. Sy hande trek haar styf teen sy lyf vas. Haar japon wat om haar middel geknoop is se knoop druk teen hom en sonder om te huiwer maak hy die knoop los. Hy soek haar so naby moontlik as wat sy hom sal toelaat.

Lee se liggaam gee antwoord op sy polsende klop en 'n warm gloed kruip teen haar nek uit. Thomas kan voel hoe haar hande bewerig oor sy lyf beweeg. Hy kom op vir asem en kyk haar in haar oë.

"Voel jy dit?" vra hy haar en soen haar weer. Die keer byt hy haar onderlip saggies vas.

"Ek...ek is jammer, ek kan nie." Sy stoot hom weg.

"Maar ... ek ..."

"Jy moet gaan, Thomas. Ek kan nie weer hierdeur gaan nie," beveel sy hom en maak haar japon vas.

Sy stap vooruit na die voordeur en hou vir hom die deur oop. Thomas is nie seker wat aangaan nie, maar een ding is seker, hy hou van Lee. Sy laat hom lewendig voel. Maar hoekom sal sy so in haar kas klim sodra hy aandag aan haar gee? Sy is tog 'n vrou. Wil sy nie hê iemand moet vir haar omgee nie? En haar mond sê sy voel dieselfde, nie in woorde nie, maar in daad. Sy soen hom met passie, oorgawe.

"Ek is jammer as ek iets verkeerds gedoen of gesê het," vra Thomas om verskoning en hou haar oë in syne vas.

"Dis nie jy nie, dis net ..." Haar woorde raak op. Lee weet nie hoe om haarself uit te druk nie. Dit maak te seer.

"Kan ek vir jou nag sê?" vra hy hees.

Lee antwoord hom nie. Sy hoop hy trek haar net in sy arms in en hou haar vas, maar sy kry dit nie uit nie. Thomas druk 'n soen op haar wang en vir 'n oomblik val haar reuk op sy bolip. Hy kan mal raak, haar reuk toor met hom. Hy beweeg in haar nek af met sy gesig. Sy kan hom voel asemhaal en haar lyf skree vir aandag.

Vir 'n oomblik neem hy net haar reuk in. Hy wil haar so graag soen en liefkoos. Hy is nie gewoond hieraan nie. Alles is vir hom nuut. Hy hou van hoe hy voel oor homself wanneer hy by haar is. Dit is asof hy uit sy boksie klim waarin hy al die jare wegkruip, sy prim en propper nukke laat staan, en net wil leef.

Lee sukkel om af te skakel. Haar liggaam roep nog na Thomas. Hoe gaan sy oor die vrees kom? Hoekom moes hy haar staan en soen? Weet hy dalk van haar slegte ondervinding jare terug? Het Gustav dalk iets laat val? Genade, te veel vrae vir een aand en hopeloos te min slaap.

Dit wat haar die meeste pla is, sal sy ooit weer 'n man vertrou? Dit is verkeerd om almal onder een kam te skeer, maar hoeveel keer moet mens jou kop stamp om jou les te leer? Hoeveel keer moet jy jou hart aan iemand gee vir hul om te breek of mee weg te stap en dan tel jy maar jou stukkies op en beweeg aan? Vorentoe sal nie die regte beskrywing wees nie, want vir 'n baie lang tyd was sy vasgevang in trurat.

Hoofstuk 7

Thomas is vroeg op kantoor. As hy nie kan sin maak van wat in hom aan die gebeur is nie, kan hy seker sin maak van ander se finansiële state. Hy is hard aan die werk. Enigiets om sy gedagtes besig te hou. Gisteraand het sy binneste laat bollemakiesie slaan en hy is nie heeltemal seker wat om met die sirkus te maak nie. Hy bêre sy gedagtes diep in die boeke en sommer gou is hy klaar met sy dag se werk, en dit is kort voor middagete. Wat op aarde gaan hy die res van die middag doen?

Thomas onthou haar woorde net voor sy hom die deur gewys het: "Ek sien nie kans om weer hierdeur te gaan nie." Wat sou dit beteken? 'n Liefdesteleurstelling? Wie op aarde sou haar so seergemaak het? So dom wees?

Om stoom af te blaas besluit Thomas om gemakliker klere by die huis te gaan haal en die middag so bietjie aandag te gee aan sy liggaam. Wanneer die kop oorlaai voel help dit hom om so bietjie te ontspan. En boonop is gym goed vir jou, dit is 'n wen-wen.

Thomas stap die gym binne. Dit is lekker stil. Die meeste mense werk nog, dis net die klompie wie se spiere lyk of hul wind gekry het wat daar heeldag rondhang. Thomas sit sy gesighanddoek en waterbottel op die stoel neer en strek eers voor hy wegval. Hy het al 'n bloutjie geloop sonder om te strek en was vir 'n paar weke uit sy roetine weens beseerde spiere.

Hy begin op die trapfiets om sy hartritme op te kry. 'n Lekker rustige pas kry sy liggaam gou opgewarm. Daar kom 'n dame by die deur in wat vir hom lyk na Lee. Dalk verbeel hy hom. Dit is al waaraan hy kan dink die laaste vier en twintig uur. Hoe sy dit regkry, weet hy nie. Sy doen dit moeiteloos. Dalk is dit die manlike jagtersinstink wat inskop, juis oor sy nie veel verklap nie. Hy is die een wat agter haar aan is. Dit is nie asof sy haarself vir hom aanbied nie.

'n Koue stort is net wat sy spiere nodig het na 'n heerlike oefensessie. Vanaand ontspan hy net. Hy gaan nie eers kos maak nie. Iets gesond en lig by die gesondheidswinkel en hy is reg tot môre. Thomas het sy foon in sy motor gelos, net ingeval iemand hom van sy ontspanning wil roof. Hy maak eers 'n draai by die winkels voor hy sy foon uit die stoorholte in sy deur haal. Dit is nog op stil opsie.

Drie foto's van Lee af. Seker die materiaal? Toe nou nie. Dit is foto's van die materiaalwinkel se naam. 'n Skermskoot van die adres en 'n boodskap wat vra hy moet haar asseblief daar ontmoet. Dit was al 'n halfuur gelede gestuur. Gaats!

Thomas lui haar foon, maar sy antwoord nie. Dalk is sy nog daar? Hy ry volgens die aanwysings en sien die groot naambord wat sê *Lapland* aan sy regterkant. Hy hou stil voor die plek en gaan binne. Sy oë soek na

Lee, maar hy sien haar nie. Na hy deur die hele winkel gestap het probeer hy haar weer bel. Haar foon lui.

"Lee, hallo."

"Middag Lee."

"Thomas."

"Ek is by die winkel, ek sien jou nie so ek neem aan jy is al reeds weg?"

"Ek is al tuis, ek het gedink jy is dalk te besig om te kyk na jou boodskappe, toe neem ek maar materiaal wat vir my mooi is. Ek is seker jy sal ook daarvan hou," stel sy hom gerus.

"Wat van al die lap in jou stoor ..."

"Ek kon niks tussen my voorraad kry wat vir my reg gelyk het nie," val sy hom in die rede.

"Reg, kan ek maar kom kyk? Ek is nuuskierig om te sien."

"Ja, jy is welkom," antwoord sy, maar in haar agterkop verjaag sy die gedagtes van sy kaal bolyf.

"Dankie, sien jou nou. Het jy enigiets nodig van die winkel af?"

"Nee dankie, maar dankie vir jou bedagsaamheid."

Lee kan die man nie lekker opsom nie. Eers is hy kortaf, ongeskik en geïrriteerd met haar. Toe soen hy haar, en nou kan botter nie in sy mond smelt nie. Hy is vreemd. 'n Raaisel, en sy hou nie van raai nie.

Oomblikke later hou Thomas voor haar huis stil. Goeiste, maar die man is vinnig, dink sy.

Thomas het 'n pakkie in sy hand. Voor hy kan klop, maak sy die deur oop.

"Wag jy my in?" vra hy met 'n breë glimlag.

"Jy moet vir jou staan en laf hou. Ek weet mos jy is op pad, dit is net toeval ..."

"Ek trek jou been," val hy haar in die rede. Hulle stap kombuis toe en Lee skink vir hul sap met 'n paar ysblokkies. Na 'n warm dag is die koue drankie welkom.

Sy haal die materiaal uit die inkopiesak en wys dit vir hom. Met 'n lang verduideliking oor kleur en patrone let sy dat sy oë haar gesig nog nie verlaat het nie. Hy het nog glad nie na die materiaal gekyk nie. Hy kon netsowel geblinddoek wees.

Sonder huiwering soen hy haar om haar mond stil te maak. Die keer tel hy haar op en hou haar lyf styf teen syne vas. Nader aan haar kan hy nie. Haar hartklop jaag en haar asemhaling is swaar. Hy is kort op haar hakke. Lee se sensoriese punte skiet in alle rigtings. Sy groot hande gaan haar nou wen, dink sy.

Hy byt weer haar lip vas. "Voel jy dit?" vra hy haar met sy mond teen haar.

"Thomas ek ... jy maak dit vir my moeilik." Met haar rug teen die muur hou hy haar liggaam bo, sy hande verken haar kurwes. Sy gedagtes is oral op haar lyf gelyktydig. Hy wil niks mis nie. Hy wil haar geblinddoek kan uitken. Sy voel hom onder haar lewe kry.

Haar lyf bewe van die adrenalien wat hy deur haar liggaam stuur. Sy was nog nooit op so 'n plek gewees nie. En as sy was, oortref hierdie man haar wildste herinnering uit haar verlede.

Verlede! Sy vat sy hare vas agter sy kop en maak haar mond los van syne.

"Thomas ... jy ... sit my neer, asseblief." Haar hande gly saam met haar af teen sy lyf. Sy liggaam is warm. Sy kan ook voel wat die oomblik aan hom doen. Syself het 'n paar prominente puntjies wat sy met alles in haar hoop hy nie oplet nie. Sy was vir 'n oomblik weer vrou. Geliefkoos.

"Lee, mag ek vra wat jou rede is vir die remme wat jy so vinnig aandraai?"

"Ek is jammer, ek wil jou nie aanleiding gee en dan sny ek jou af nie." Die trane rol oor haar wange. Sy wens sy kon eerlik met hom wees en vir hom vertel hoe gebreek sy eintlik is.

"Lee, wat pla jou? Doen ek iets verkeerd? Dis net ... ek het geen beheer as ek by jou is nie. Geen! Ek het nog nooit so lewendig gevoel in iemand se teenwoordigheid nie. Jy bring 'n kant van my na vore wat ek nie ken nie. En ek hou daarvan. Ek voel goed ..."

"Vir hoe lank? Hoe lank gaan dit jou neem om fout te vind met my klere, my manier van dinge doen, my lag wat eggo in 'n vertrek? Ek is nie soos ander meisies nie. Ek doen my eie ding wanneer ek wil en ..."

"En wat?" Hy hou haar gesig in sy hande.

"Ek dink jy moet eerder gaan. Ek is jammer, Thomas."

Lee se nag is vol trane, sneesdoekies en roomys. Hoekom moes hy alles kom deurmekaarkrap? Ek was oukei op my eie. Vrede gemaak met my misoes van 'n verlede. En nou? Trane oorvloei haar weer en sy sluk swaar aan die hartseer gevoel binne haar.

Thomas se woorde maal in haar kop. Voel hy regtig so wanner hy by haar is? 'n Rilling trek deur haar lyf. Net die gedagte van sy lyf teen hare maak haar wakker. "Nee! Ek sien nie weer kans om my lewe op tel nie. Ek sien net nie kans nie."

Thomas vang 'n koue stort. Sy lyf was net te opgewerk om sommer so van alles te vergeet. Hy rol heel nag rond. Dit wat Lee hom gevra het pla hom nie, maar dit wat sy hom nié vertel nie pla hom beslis. Wat kon tog so erg wees dat sy geen man naby haar wil toelaat nie? Hy is nie een wat in ander se verlede krap nie, maar hy sal moet om beter te verstaan en sin te maak van haar situasie. Dalk het sy 'n vrees vir lief wees? Mens kry snaakse fobies deesdae.

Hoofstuk 8

In die verlede sou 'n vrou nie sy gedagtes, sy lewe, sy menswees so kon steur nie, maar nou ...

Dit is dag drie wat hy niks van Lee hoor nie. Hy het gedink hy gaan haar tyd gun om dit waarmee sy worstel uit te sorteer indien nodig, maar goeiste, sy dae is lank. Haar stem, haar reuk, haar smaak op sy mond. Hy soek na haar bedags asof sy nog altyd deel van hom was. Skielik is hy eensaam, al is hy bedags omring met mense op kantoor. Verlore, al begrawe hy hy sy gedagtes bedags diep in sy werk, voel hy steeds nie homself nie.

Hoe kan hy haar verseker dat wat hy voel waar is en nie net 'n fase of 'n kepie op die kerfstok nie. Sy moet weet hoe hy voel.

Maryke en Gustav kom by hom op. Natuurlik! Wie ken haar beter as haar vriendin? Hy gaan reël vir 'n koffie saam die twee en sal elke bietjie raad in sy rigting waardeer. Thomas tel sy foon op en bel vir Gustav.

"Gustav, môre."

" Môre, my vriend, hoe gaan dit vanmôre?"

"Jy klink opgewek? Dit gaan goed dankie, Thomas, self?"

"Goed, dankie. Ek wil eintlik vir jou en Maryke nooi vir koffie vandag, indien dit julle pas. Kies jul die tyd en plek dan laat weet julle my net."

"Reg ek nooi sommer vir Lee ook?"

"Nee, asseblief nie. Dis juis hoekom ek vir jou en Maryke wil sien. Dit gaan oor Lee." Thomas se sug is hoorbaar.

"Is iets fout met Lee? Wat het gebeur?" Gustav klink bekommerd.

"Nee, niks fout nie, of altans ek weet nie wat dit met Lee is nie. Vir my is dit baie moeilik om haar op te som. Daar het niks ernstigs gebeur nie, ek ... bedoel ... Nee, jinne, kry my net êrens vandag sodat ek kan sin maak van alles die laaste paar dae, asseblief." Thomas se stem is smekend

"O, aarde. Is jy seker jy wil koffie drink, klink meer na 'n knertsie situasie?" terg Gustav

"Jy grap nog. Daar is nie tyd vir speletjies nie, ek is ernstig."

"Goed, ek praat later met jou, net vir Maryke inlig."

Hulle lui af.

Gustav en Maryke stap die koffiewinkel binne. Thomas is reeds daar. Hy staar na die mure met sy koppie toegevou in sy hande. Diep ingedagte, besef hy nie eers hul neem hul plekke in by die tafel nie. Toe Gustav aan sy skouer vat, ruk hy behoorlik.

Maryke besef sy gedagtes is op 'n ver plek en vra hom uit daaroor.

Thomas verseker hul daar is nie iets om oor bekommerd te wees nie, maar dat hy wel swaar dra aan 'n situasie van iemand na aan hulle.

"Dis Lee, nè? Jy het oor die foon gesê ek moet haar nie nooi nie, want ..."

"Ja, jy is reg, Gustuv. Ek probeer haar verstaan. Een oomblik ... uhm, hoe stel ek dit nou? As ek haar soen, soen sy my terug, maar dan stoot sy my weg."

"Wat?! Julle soen? Van wanneer af?" Maryke is op die punt van haar stoel. Sy kan dit amper nie glo nie. Sal Lee dan sowaar vir haarself 'n tweede kans op geluk gun? As Thomas maar net geweet het waardeer sy al moes werk om haar hart weer heel te maak, sal hy beslis nie met haar mors nie. Dis nou as hy enigsins regtig iets vir haar voel.

Thomas probeer verduidelik wat in hom aan die gang is, maar woorde ontbreek. Dit is asof die gevoel wat hy vir Lee het onbeskryflik is.

"Ek het haar lief ..." kry hy dit uit. Die besef dat hy nog nooit daardie woorde vir iemand gesê het nie, tref hom hard. Hy het nog nooit iemand liefgehad nie. Hul persoonlikhede is uiteenlopend en hul manier van dinge doen kan nie meer verskil as wat dit reeds doen nie. Maar tog is daar tussen hulle 'n onbeskryflike aantrekkingskrag. Dis elektries.

Maryke weet nie of sy moet bly wees vir hulle en of sy vir Thomas moet waarsku nie. Die belofte wat Lee drie jaar terug aan haarself gemaak het gaan die pad wat Thomas wil stap vir hul albei moeilik maak. Lee wil nie weer liefhê nie. Sy sal daarteen baklei met alles in haar. Sy sal ook nie weer vertrou nie, vertroue het haar nog net in die steek gelaat. Sy sal eendag besef dat alle mans tog nie dieselfde is nie en dat haar deksel perfek sal pas as sy dit toelaat. Liefde is vir almal beskore, hang net af van jou gesindheid.

Maryke besef dat Lee nie vir Thomas sal toelaat tensy sy hom 'n hupstoot in die regte rigting gee nie. Sy trek haar stoel nader aan Thomas sodat sy Lee se hartseer verlede en haar teleurstelling in die manlike geslag met hom kan deel.

Gustav besef wat Maryke wil doen en keer haar nog voor sy 'n woord aan Thomas kan oordra. Hy sit sy hand oor Maryke se hand, gee dit 'n drukkie en gee haar 'n kyk wat net sy verstaan. "Dit is Lee se storie, as sy reg is sal sy dit deel indien sy wil."

"En Thomas? As jy so graag meer wil weet oor Lee en hoekom sy so optree, het jy al gedink om jou storie met haar te deel? Ek glo sy sal jou ook dan beter verstaan. Dalk verander sy haar opinie asook daai bynaam wat sy jou gedoop het die dag met jul ontmoeting. Kwaaikie, as ek reg is? Ek en jy weet die waarheid en dit is te verstane, maar sy is nes jy in die donker oor jou soos jy oor haar," stel Gustav voor.

Maryke kyk vraend na Thomas, sy het nie vermoed dat hy ook 'n hartseer verlede het nie. Wat sou dit wees? Sy gaan Gustav se raad volg, dit is dan nou ook Thomas se storie wat hy sal deel wanneer hy voel hy is reg.

Gustav se gesig lyk vir Maryke so asof hy vir Thomas jammer voel. Dat hy nooit sy vriend se geheim met haar gedeel het nie, wys vir haar hoe lojaal hy is teenoor sy vriende. Wat 'n mooi eienskap, dink Maryke by haarself.

"Onthou ook een ding, my ou vriend. Twee gebreekte stukke maak nie een hele nie. Julle het albei dinge waardeur julle moet werk voor daar enigsins iets tussen julle kan groei. Veral as jul regtig ernstig is oor mekaar. Mens kan nie aan 'n verhouding bou as daar nie 'n stewige fondasie is nie. Dit beteken om oop en eerlik met mekaar te wees en mekaar te kan ondersteun. Die positiewe is, sy soen jou wel terug. So dit sê vir my sy voel dieselfde oor jou, maar tog is daar iets wat haar terughou waarmee sy moet vrede maak. Dan alleen kan sy haar hart se deur vir jou oopmaak. Sterkte, my ou vriend." Gustav gee om 'n ondersteunende tikkie op sy blad.

Thomas berus by sy vriend se opinie. As hy in Lee se skoene was, sou hy tien teen een ook self wil vertel hoekom sy sy liefde van die hand wys. Hoekom sy hom so passievol soen tot sy bloed kook in sy binneste en dan haar rug so maklik kan draai. Thomas se arms is sigbaar vol hoendervel. Dis die gedagtes van hul passie wat hom so oorval. Hy moet weet of hy 'n kans met Lee staan of nie? Vanaand is die aand dat hy uitvind, nie 'n dag later nie. As hy nie nou optree nie, sal hy dalk al kans wat hy het, deur sy vingers laat glip. En sy is definitief die kans werd.

Lee se ketel skop af en sy is reg vir uitspan op haar agterstoep met 'n boek en haar voete omhoog toe haar deurklokkie lui. Dit voel vir haar sy loop te stadig, want die persoon klink haastig. Sodra die klokkie ophou lui, word daar vreeslik angstig geklop. Daar moet beslis êrens fout wees.

Sy pluk die deur oop en kyk vas in 'n paar angstige, donker oë. "Thomas! En nou? Jou hemde ..."

"Naand, Lee. Skuus, hoop nie ek is ongeleë nie, maar sal jy asseblief vir my oopmaak?" Sy hande werk oortyd langs sy sye en dit is duidelik sigbaar. Sy senuwees knaag al heeldag.

"Kom in, die ketel het nou net gekook," nooi sy hom vriendelik binne.

Thomas stap agter haar aan na die kombuis. Hy help haar met die nodige sodat hul kan gaan sit, want hy het baie op sy hart, hy loop oor van al die vrae.

Lee gaan sit op haar stoel en neem 'n slukkie van haar koffie. Thomas trek sy stoel nader aan haar en maak hom gemaklik. Dit gaan nie maklik wees nie, maar hy is reg hiervoor. Dis nou of nooit.

"En wat maak jy hier? Jou hemde gaan so rukkie neem, hoor. Ek sal jou laat weet sodra hulle klaar is." Lee kan hom nie in sy oë kyk nie.

"Ek is hier vir jóú. Ons ..."

Lee staan onmiddellik op. Haar hande bewe, sy kry niks uit nie. As hy vir haar kom sê wat sy dink hy wil sê, is dit klaarpraat met haar hart. Sy wil dit nie hoor nie.

"Thomas, ek kan nie. Jy's 'n wonderlike man en ek gaan nie stry nie, die elektrisiteit tussen ons is iets anders, maar ek gun jou ..." Lee bars in trane uit. Thomas troos haar. Sy groot hande trek haar in die kring van sy arms en hy omvou haar met sy liefde.

"Lee, ek gee baie vir jou om, ek ... vir die eerste keer het ek iemand lief. Nou stoot jy my weg en ek weet nie wat ek verkeerd doen nie. Sal jy my asseblief net sê hoekom jy my wegstoot?" Thomas hou haar vas teen sy bors. Hy wil haar nie kans gee om weg te kom nie.

"Hoekom is dit vir jou so moeilik om liefde te ontvang? Is dit iets wat ek gesê of gedoen het? Ek weet ons het aan die begin nie op 'n baie positiewe noot afgeskop nie, maar dit is net oor ek nie aan myself wou erken dat dit jy is wat my hart so vinnig laat klop nie. Ek het probeer baklei teen iets onbekends in my, maar nou besef ek om dit te omhels is wat ek eintlik wil doen. Ek wil jou liefhê. As jy my net daardie voorreg sal gun."

"Dis nie jy nie, Thomas. Ek is bang jy ..." Trane rol teen haar wange af.

"Praat met my, Lee, wat pla jou so vreeslik?"

Lee laat rus haar kop op sy bors, dit voel vir haar sy huil haar hart uit. Sal sy ooit weer heel voel?

Thomas se foon lui. Dit kon nie op 'n meer ongeleë tyd gebeur nie. Lee was op die punt om vir hom te sê wat gebeur het. Hoekom sy so vreemd optree. Haar rede vir haar twyfel in liefde. Dis 'n belangrike oproep en Thomas antwoord sy foon.

Lee hardloop badkamer toe en spoel haar gesig af met koue water om van die ergste brand ontslae te raak. Sy skraap elke greintjie beskikbare moed bymekaar om hom die waarheid te vertel. Dit is nie reg om iemand so aan 'n lyntjie te hou nie, veral nie as jy vir daardie persoon omgee nie.

Na afloop van sy telefoongesprek soek hy na Lee in die huis. Steeds in die badkamer, staar sy na haarself in die spieël. Thomas neem sy plek agter haar in met sy hande op haar skouers. Vir 'n oomblik twyfel sy of sy hom moet vertel van haar verlede. Wat sal hy dink van haar? Haar dalk ook in die steek laat? Kan sy hom vertrou met haar hart? Dit is nou wel nie haar skuld dinge het destyds skeefgeloop nie, maar tog voel sy skuldig.

Thomas draai haar om sodat hy haar in haar oë kan kyk. Hy neem haar gesig in sy hande, sag en teer, en soen haar op haar voorkop. Haar hande klou met 'n desperate greep aan hom asof sy bang is hy gaan omdraai en loop. Haar verlaat.

"Waarvoor is jy bang?"

"Dat jy nie gaan bly nie. Dat alles net tydelik gaan wees. Dat ..."

"Lee, wat op aarde gee jou die idee ek wil nie hier wees nie? Hier staan ek dan lewensgroot. Ek soek rede om bedags na werk by jou uit te kom, al weet ek jy het gesê jy sal my laat weet wanneer my hemde klaar is. Maar dit gaan nie vir my oor die hemde nie, dit gaan oor jou. Oor ons."

Hy laat sak sy hande en hul vind hul lêplek om haar lyf. Hy trek haar nader. Met 'n soen en liefkosing probeer hy haar wys wat hy voel met die hoop sy kan voel wat in hom aangaan. Dit wat woorde nie duidelik maak nie.

Sy ontspan dadelik en gee antwoord op sy liefdesverklaring. Sy wens sy kon nog nader aan hom, haar hele liggaam vibreer in oorgawe. Hul vul mekaar aan, sonder woorde verstaan die een die ander se taal. Sy druk haar lyf teen syne sodat hy haar vibrasies kan aanvoel. Eenderse gedagtes maak 'n meesterstuk. Kort voor lank gloei albei van binne en hul gee, om die beurt, antwoord op die ander een se polsende liggaam. Thomas hou nie terug nie. Met alles in hom wil hy vir haar lief wees. Haar die versekering gee dat hy wil bly. Wanneer twee liggame een word is dit soos om 'n seel oor die liefde te plaas.

Lee het lanklaas so vrou gevoel soos nou. Hierdie liefkosing kom natuurlik en die aantrekkingskrag tussen hulle maak dit vir haar maklik om haarself te wees. Vir hom te wys hoe sy voel.

Thomas lig haar op en lê haar op haar bed neer. Saggies maak sy mond kennis met haar nek, liggies soen hy haar oor haar skouer terwyl sy vingerpunte haar vel verken. Hy kan voel sy het hoendervel, sy tong gly speels oor haar stywe hopies van genot. Hy beweeg oor haar maag, dis hier waar Lee besef daar is nou geen omdraai. Sy gaan hul oomblik geniet, alles inneem wat hy bied in liefde. Sy verdien dit, hul albei verdien dit.

Met sy mond verken hy haar vrouwees. Haar smaak neem hom hoër as wat hy in sy wildste drome gedink het moontlik was. Hy gaan beheer verloor, want alles van hom soek alles van haar.

Lee druk hom kant toe en hy beland op sy rug. Saggies neem sy haar plek bo hom. Sy vind dit baie moeilik om van sy lippe af los te kom. Haar liggaam is reg vir hom.

In doodse stilte lê sy heelwat later in sy arms. Te bang sy sê iets verkeerd. Netnou bederf sy die spesiale oomblik. Sy voel weer waardig aan liefde. Om iemand spesiaal in haar lewe te hê. Dankbaar vir hom wie by haar wil wees, haar raaksien en aanvaar net soos sy is.

Thomas se hart kom net nie tot bedaring nie. Sy is perfek! skreeu sy gedagtes. Hy het haar werklik lief en hy kan dit vir haar wys sonder om terug te hou. Hierdie oomblik sal hy vir altyd koester. Sy hart is vol.

Hoofstuk 9

Lee se dag begin sommer op 'n positiewe noot. Sy is vrolik en opgewek. Thomas is al vroegoggend huis toe om reg te maak vir werk. Op haar tyd en singend trek sy haar huis reg en sit alles op hul plek. Vandag spandeer sy haar tyd aan haarself. Sy gaan haar kledingstukke klaar uitknip en kyk hoe ver sy kom om dit te maak. Thomas het gesê hy gaan haar later skakel dan sal sy hom sommer nooi vir ete. Sy hoef nie weer 'n aandete alleen aan tafel deur te bring nie. Dalk kan sy binnekort dieselfde sê van ontbyt.

Lee sien die posman verbystap en hy kom staan stil by haar posbus. Sy stap sommer uit om die pos in te bring, die buurt se kinders dink deesdae dit is vreeslik snaaks om die pos te ruil onder die huise. Dan is dit omtrent 'n gesukkel om jou pos in die hande te kry, as iemand dit nie uit nuuskierigheid oopmaak nie.

Met die omdraai op pad terug in huis toe sien sy haar roosboom het die allermooiste rose wat oopgaan. Icebergs bly maar haar gunsteling. Nie net vertoon hul groot nie, maar ruik ook heerlik met blomtyd. Sy neem haar snoeiskêr en sny vir haar 'n klompie rose vir haar eetkamertafel. Dit sal nou mooi wees vanaand met etenstyd. Dalk waardeer Thomas ook die mooi wat die natuur bied.

Sy neem haar naaldwerkgereedskap en neem sommer plek in op haar leefarea se vloer. Die teëls is lekker koel, dit is naby aan haar radio wat saggies in die agtergrond haar gemoed nog so 'n hupstootjie gee. Boonop is daar baie vloerspasie, so sy hoef nie kort-kort iets weg te pak om plek te maak vir 'n stukkie lap se uitlê nie.

So tussen deur haar knip en vou, onthou sy dat sy nog vir Maryke wou kontak. Dit is beter as sy by haar hoor wat aan die broei is tussen haar en Thomas. Maryke was die een wat haar getroos het na haar teleurstelling, so, sy sal verstaan, al kan sy nie alles wat binne haar aan die gang is in woorde omsit nie.

Lee skink vir haar 'n glasie sap, stap na haar gemaklike stoel op die agterstoep en lui vir Maryke.

"Môre, Lee, gaan dit goed?"

"Môre, môre, goed dankie en daar?"

"Jy klink vrolik? Mag ek vra hoekom? Wie of wat het gebeur?" terg Maryke haar.

"Jy ken my ook te goed. Jou titel as beste vriendin werd," trek Lee haar been.

"Gaan jy my nou sê of moet ek dit uit jou trek? 'n Man met die naam Thomas het nie dalk 'n bydrae tot jou vrolikheid nie?" Maryke se glimlag is hoorbaar oor die foon. Haar stem is blydskap.

"Thomas? Wat sal jou nou aan hom laat dink?"

"Hy het my en Gustav gister genooi vir koffie om meer oor jou uit te vind."

Lee se glimlag sak tot op die grond. Sy is bespreek. Dit is hoe hy soveel dinge van haar kamma reg raai, weet hoe sy voel, weet wanneer om wat te sê. Hy hou my vir die gek. Ek moes dit geweet het! Lee is woedend.

"Bespreek julle my agter my rug?"

Maryke besef sy het pas die verkeerdste ding gesê. "Néé. Hy wou net weet ..."

"As iemand nie teenwoordig is nie, noem mens dit bespreek. Jy weet hoe voel ek oor oneerlikheid. Geheime. Wat het jy hom alles vertel?" Lee voel sy kan gil dat haar dak lig.

"Niks, ek wou, maar Gustav het ..."

"So jy en jou kêrel het oor my gepraat? Julle het my met Thomas bespreek. Genade, Maryke, onthou jy dan nie wat leuens en agterbaksheid aan my gedoen het nie? Jy is my vriendin!"

Lee druk die foon in haar oor dood. Sy vee in 'n woedende aksie met haar arm oor haar gereedskap en materiaal. Dit skiet in alle rigtings oor haar leefarea se vloer. Sy kan bars van woede. "Wéér geheime, weereens is ek die grap! Ek moes geweet het dit is te goed om waar te wees. Thomas sal van my hoor. Hoe kon hy soveel van my neem en dit in 'n leuen? Weet hy hoeveel dit van my geneem het om hom toe te laat. Myself vir hom te gee met die hoop hy is regtig lief vir my. Ek is weereens vir die gek gehou. Wat is dit met mans? Ek het myself belowe ek sal niemand weer in my hart, of dit wat oor is van hom, toelaat nie. Niemand!"

Lee se hart is in stukke. Sy sal nie in haar toestand 'n woord kan uitkry nie, sy sal Thomas skakel wanneer sy bedaar het.

Sowat 'n uur later bel sy, maar Thomas se foon lui net, daar is geen antwoord nie. Hy weet natuurlik ek weet hul het my gister bespreek, en dat die inligting oor my verlede hom gehelp het om van my 'n totale gek te maak.

"Tel op jou foon, jou lafaard!" kners sy op haar tande. Daar is net 'n luitoon in haar oor. Haar foon dui aan dat iemand haar probeer bel terwyl sy hoopvol wag dat Thomas sy foon antwoord.

Dis Maryke, sien sy. Natuurlik intussen aan 'n paar verskoning gedink en nou gaan sy haarself probeer verontskuldig. Nee jammer, maat, ek gaan nie weer die een wees wat toekyk hoe 'n man met my hart wegstap en my leeg agterlaat nie. Nie weer nie.

Die res van die dag kry Lee absoluut niks gedoen nie. Haar gedagtes jaag van die een scenario na die volgende. Kort-kort stoot die hartseer in haar op en sy moet die trane keer voor dit oorvloei. Haar gesig is al rou gehuil. Hoekom moet dinge altyd so gekompliseerd wees? Ander ontmoet iemand, vind mekaar se gelukkige sones en leef die lewe voluit. Hoekom sukkel ek so?

Al wat nou gaan help is 'n lang warm bad. As iemand my soek, ek is ongelukkig nie vandag beskikbaar nie, besluit sy. Sy sluit haar deure, maar sy sien nog nie kans vir opruim waar sy omgekrap het uit woede nie. Sy tap vir haar 'n lekker diep bad, gooi badsout vir ontspanning in die water en steek 'n kersie aan. Kerse help haar om af te skakel.

Lee lê lank en kry kans om rustig deur die dag se hartseer te werk. Sin te probeer maak van alles wat gesê is. Haar vraag bly ... Hoekom het Thomas haar nog nie gebel nie? Het hy gekry wat hy wou hê? Het ek regtig net getel as 'n kepie op sy kerfstok?

"Nee, Lee, ruk jou reg. Jy verdien beter as dit!" probeer sy haarself moed inpraat.

Thomas klop aan haar voordeur, hy lui die klokkie, maar daar is geen antwoord. Dalk as hy haar foon lui sal sy antwoord. Hy het immers vergeet om haar te bel vandag, want hy was so besig met potensiële nuwe kliënte, hy het tred verloor met tyd. Toe hy besef dit is uitvaltyd en sy foon optel om haar te skakel, sien hy die klomp oproepe wat hy gemis het van haar af. Maar snaaks, sy het geen boodskappe gelos nie.

Lee hoor toe sy regop sit in die bad daar is 'n dringende klop aan haar voordeur. "Ek kom!" skree sy vanuit haar badkamer en trek haar japon oor haar nat lyf aan.

Kaalvoet sukkel sy met haar nat voete oor die teëls in die gang af. Gly-gly besef sy hoe gevaarlik dit is. As sy nou moet val ...

Lee maak die deur oop. Thomas staan met sy hande vol goed en 'n glimlag so breed, hy kan die dorp ophelder.

"Jy het 'n cheek om hier op te daag! Is dit vir jou lekker om so vir my te jok? My vir 'n ..."

"Lee? Ek het nie 'n idee waarvan jou nou praat nie." Thomas se gesig sê alles.

"Jy het my agter my rug bespreek om inligting oor my te kry en toe ... toe val ek vir jou sop storie." Lee druk die deur in sy gesig toe.

"Wag! Maak oop die deur, ek kan verduidelik. Ons moet rustig praat oor die dinge waarvan jy my nou beskuldig. Ek is onskuldig, hier is een groot misverstand. Ek is wel skuldig aan een ding, en dit is dat ek jou liefhet. Dit is 'n belofte."

Sy maak die deur op 'n skrefie oop. Hy probeer haar hand deur die veiligheidshek in syne neem.

Die bottel wyn wat hy saamgebring het val uit sy hande en breek in stukke oor haar stoep se teëls.

Lee skrik so groot, sy sluit die hek oop. "Die glas kan iemand sny, staan netso," beveel sy hom en hardloop vir 'n mop en handdoek.

Thomas klim oor die gemors wat hy veroorsaak het en sit die sakke kos en bos blomme op die toonbank in die kombuis neer.

Met die drafstappie om die handdoek op die vloer te gooi, gly Lee in die gang en beland op haar rug. Thomas skrik groot. Hy los alles en binne sekondes is hy by haar. Lee probeer opstaan, maar haar klam liggaam maak dit nie vir haar maklik nie. Nat en teëls werk net nie.

Thomas help haar versigtig op en dra haar tot by die rusbank. "Sit jy net hier, ek maak gou my gemors skoon," beveel hy haar. Aan die chaos wat verspreid oor die vloer lê, kan hy sien hier was sterk emosie by betrokke.

Lee wou hom nog antwoord, maar hy soen haar protes stil. Hy is bewus dat sy niks onder daai japon aan het nie en dit maak hom mal. Die onmin in haar binneste moet hulle vinnig uitsorteer, want hy gaan nie lank sy hande van haar kan afhou nie.

Hy sit die handdoek deurweek met wyn en glasstukke in 'n swartsak, geen was sal van daardie splinters ontslae raak nie. Die mop spoel hy uit by die buitekraan uit en los hom op haar agterstoep.

"Suikerwater, dit is al wat nou sal help," praat hy met homself. Hy tap 'n glas vol water en roer drie lepels suiker daarin. Hy kniel langs haar by die bank en gee vir haar die suikerwater om te drink. Lee drink dit sonder om 'n woord te sê.

"So? Waar is die lysie goed waarvan ek beskuldig word?" Hy gee 'n skewe glimlag.

"Jy begin alweer? Ek het nie tyd vir speletjies nie. Ek het al genoeg hartseer beleef om dit vir myself weer op te dis."

"Trek asseblief eers vir jou betaamlik aan, anders gaan ek nie sin kan maak van enigiets wat jy sê nie. My gedagtes hardloop klaar."

Lee staan op en vou die japon styf om haar lyf.

"En wanneer jy klaar is, gaan ons oop kaarte met mekaar speel," praat hy agterna terwyl sy in die gang afloop.

Lee maak vir hulle koffie en besef dis nou of nooit, sy gaan alles op die tafel uitpak, wat hy daarmee maak is sy saak.

"Kom sit hier langs my, Thomas, ek is reg om jou alles te vertel." Sy gee vir hom sy koffie aan.

"Jy onderbreek my nie. Jy staan nie op nie, wanneer ek klaar is, kan jy jou sê sê en die huis verlaat as jy so voel. Jy't lank aan my gekarring oor dinge en die waarheid, so nou gaan jy presies net dit kry."

Lee trek haar asem diep in en begin vertel: "Ek was drie jaar gelede verloof aan 'n man wie ek gedink het my werklik liefhet. Hy het altyd die regte goed gesê en die regte beloftes gemaak. Die dag van ons troue het ek soos 'n pop gesit en wag in die bruidskamer, opgetooi en reg om 'n lewe saam met hom in te gaan, ek het selfs my eie trourok gemaak, en al wie opdaag is hy. Tweehonderd gaste en 'n saal wat versier was met die mooiste koningproteas en sagte pink rose. Liggies net waar jy kyk. Toe ons gaste begin onrustig raak en rondstaan, skakel Maryke hom om te hoor wat die oponthoud is? Hy het net nie sy foon geantwoord nie, en tot vandag toe het ek nie 'n woord van hom gehoor nie. Hy het soos 'n speld verdwyn. Weggehardloop van al sy beloftes en mooi praatjies. My koud gelaat in teleurstelling. Dit is my eie skuld. Ek is te goedgelowig en goed en trou leef mos op my voorstoep. Nie weer nie. Toe Maryke vir my sê julle het gister koffie gaan drink, want jy wou uitgevis oor my ..."

"Lee ..."

"Shhh ... stil. Jy kan nou praat. Ek het myself vir jou gegee ná jy my bespreek het by ons vriende, jy't my gekul ..."

Thomas soen haar om haar stil te kry. Sy gaan nie na hom luister as sy aanhou praat nie.

"Lee, kan ek nou praat, asseblief?" vra hy met sy mond teen hare. "Ek wou meer oor jou weet, ja. Jy het my kop deurmekaargemaak, dan is ons oukei en dan sluit jy my weer uit. Ek het geweet daar is iets wat jou pla, maar ek het geweet jy gaan my nie vertel nie, ek het ook nie geweet met wie anders om te praat nie. Gustav het vir Maryke gesê as jy reg is, sal jy my self jou verhaal vertel. Ek het daarby berus. Dit het nie verander hoe ek oor jou voel nie, en die rede hoekom ek by Maryke hul aangeklop het was vir raad. Niks anders nie. Ek wou hê jy moet my ook sien soos ek jou sien. Ek is nie 'n oomblik spyt oor wat tussen ons gebeur het nie, en ek wens ons kan vir die res van ons lewens sulke spesiale oomblikke deel.

"Ja, jy het reg gehoor, die res van ons lewens. Ek het nog nooit so oor enigiemand gevoel nie. Jy bring lewe aan my binneste, jy kleur my vaal vervelige lewe in. En ek moet jou om verskoning vra vir my optrede die dag van ons eerste ontmoeting op die hawe. Jy sien ..."

Thomas neem 'n rukkie om sy trane wat opskiet te onderdruk. Hoe moeilik dit ook al vir hom is, sal hy deurdruk. Hy wil sy hartseer ook met haar deel.

"Die dag wat 'n seun van sy pa moet afskeid neem staan alles gelyktydig stil. Jy besef dat hy werklik al een is wie in jou geglo het, al een is wie vir jou baklei het om eendag beter as hy te wees. Beter te doen in die lewe. Die dag toe my ma by die deur uitgestap het, en nie eers vir 'n laaste groet omgekyk het na my of my pa nie, het alles in hom doodgegaan. So seer soos wat dit vir hom was moes hy sterk wees vir my onthalwe. Hy het 'n afhanklike gehad op wie hy nie sy rug kon draai nie. My pa se sin vir verantwoordelikheid was nog altyd sy sterkpunt. Hy het nooit opgegee wanneer hy sukkel nie. Hy het sy projekte en verantwoordelikhede deurgesien tot die einde.

"Nooit was ek alleen wanneer hyself besig was by die werk nie. Hy het altyd gesorg as hy nie self iets kan bywoon nie, daar tenminste iemand kon wees wat na aan ons is, hetsy 'n familievriend of 'n kollega, iemand wie hy kon vertrou. Dit het maar selde gebeur, maar die paar keer wat hy nie anders kón nie, het hy gesorg.

"Ek was drie jaar oud toe my ma besluit het ouerskap is te veel. Sy het een oggend net opgestaan, haar tasse gepak en sy was teen middagete uit by die deur. Waarheen weet ek tot vandag toe nie. Ek het ook nie die behoefte om uit te vind nie. As sy haar titel as ma werd was, sou sy my in die eerste plek nie op daardie ouderdom netso vir my pa gelos het om my te versorg nie.

"Moet my nie verkeerd verstaan nie, hy was 'n wonderlike pa, en ek is hom ewig dankbaar vir alles wat hy vir my gedoen het oor die jare, maar 'n ma is die versorger van die huishouding. Sy moet haar kinders liefhê, 'n liefdevolle benadering, bevrediging van behoeftes en om haar kind te sien as 'n spesiale geskenk van God. Daar is so baie verantwoordelikheid wat op 'n ma se skouers rus, toeganklikheid, betrokkenheid, onderrig, opleiding, dissipline, die vorming van Integriteit, die lys gaan aan. Geen wonder sy het nie kans gesien nie.

"'n Pa is die een wat jou wys hoe jy teenoor jou gesin moet optree, wat dit is om eerbaar te wees. Wat dit vat om hard te werk, maar ook jou tyd vir jou gesin af te knyp. My pa het sy vingers stomp gewerk sodat ek vandag my graad kon hê en hy het my gehelp om my kantore te vestig. My gehelp om kliënte te werf. Hyself was 'n besigheidsman. Die dag toe ek hom aan die dood moes afstaan na 'n kort siekbed, het my hele lewe gaan stilstaan soos die dag toe my ma die mat onder hom uitgeruk het.

"Ek het die skoner geslag immers nog nooit die kans gegee om my aandag te trek nie, of belanggestel in iemand vir wie ek wou sê ek voel iets of is verlief nie, wat nog te sê van liefhê? Die vertroue wat my ma daardie dag verbreek het bly my by tot vandag toe, maar vir jou is ek meer as bereid om die deur na my hart oop te maak. Lee, jy is die eerste persoon wat my laat voel ek is 'n beter weergawe van myself wanner ek by jou is. Jou teenwoordigheid laat my hart resies hardloop en ek wen elke keer daardie wedloop in myself.

"Die dag toe jy in my vasgehardloop het by die hawe, was ek op die foon met die begrafnisondernemer, hul het my in kennis gestel dat my pa se as reg is om opgetel te word. Ek was nog nie reg om afskeid van hom te neem nie. Dit is vandag nog 'n teer puntjie en dit gaan 'n tydjie neem. Vir ewig is vir ewig. Ek kan hom nie meer bel wanneer ek raad nodig het, of net by hom opdaag na 'n lang moeilike dag en die spanning weg gesels nie.

"Daardie dag het ek besef ek is heeltemal op my eie en ek het niemand met wie ek my hartseer kan deel nie. Te danke aan die oogklappe wat ek opgesit het as kind om vrouegeselskap af te sny nog voor daar iets van kom. Ek wil graag net om verskoning vra dat ek so ongeskik en koud teenoor jou opgetree het met ons eerste ontmoeting."

"Liewe aarde, Thomas, ek is vreeslik jammer oor jou pa se afsterwe en die hartseer ondervinding vir jou as kind. Dit moet verskriklik wees om al die jare met daardie swaar hartseer te loop. 'n Leemte onbeskryflik. En hier sit ek, kleinlik en verergd op my rusbank oor jy nie jou foon antwoord nie, ek is vreeslik jammer. Toe jy nie jou foon antwoord nie, het die duiwel allerhande slegte gedagtes heen en weer deur my kop gejaag. Ek het nie geweet wat om te dink nie. Ek wou net by jou hoor hoekom ..."

Thomas trek haar nader aan hom en soen haar op haar kop. Lee vergeet wat sy wou sê en klou aan hom vir lewe en dood.

Simpatiek neem sy sy hand in hare. Vir 'n oomblik is daar stilte, asof sy na haar woorde soek.

"Het jy as jong kind 'n ouer persoon geraadpleeg om jou te help verwerk wat met jou gebeur het? 'n Volwassene kan nog die situasie vir hulself uitredeneer en hul verstaan partykeer hoekom dinge gebeur, maar 'n kind se verstand werk anders. En vir 'n ma om ..." Die hartseer oorval haar. Sy ken hartseer, maar sy seer is iets heel anders. Dis verwerping op 'n heel ander vlak. Vir 'n oomblik troos hul mekaar in stilte. Asof geen woorde dit wat hul wil sê, regverdig nie. Maar tog verstaan die een die ander een se manier van troos.

Steeds voel Thomas dit is nodig om aan haar te verduidelik hoekom hy nie sy foon kon antwoord nie. "Lee, ek is vreeslik jammer ek het nie vandag jou oproepe beantwoord nie. Ek was oorlaai met werk en afsprake met potensiële nuwe kliënte. Dit het my die heel dag besig gehou. Ek het eers aandag aan my foon geskenk toe ek na ses die laaste kliënt by die deur uitgehelp het."

Lee se liggaam ontspan. Hy skuif nader aan haar en neem haar in sy arms. Sy voel tuis teen sy bors. Hy voel soos huis.

"Thomas?" sê Lee saggies. "Sal jy my vergewe vir my optrede, asseblief? Ek is jammer. Ek kan myself net nie indink om jou ook te verloor nie. Na ... ek het nog nooit weer vir iemand gewys wie ek werklik is nie, toe kom jy ..."

"Lee, jy is lankal vergewe. Maar voor ek jou soen, antwoord net eers my vraag. Sal jy asseblief met my trou?"

Thomas en Lee se oë los mekaar nie. Trane sit vlak op haar ooglede, die knop in haar keel maak dit moeilik om behoorlik asem te haal. Vir 'n oomblik is daar doodse stilte.

"Op een voorwaarde – tot oneindig einde kry?"

"Tot oneindig einde kry!"

Geagte Leser

Ons hoop dat u ons boek geniet het en dit boeiend gevind het. U terugvoer is baie belangrik vir ons en vir toekomstige lesers.

Ons sal dit baie waardeer as u 'n paar oomblikke kan neem om 'n resensie op Amazon te skryf. U mening help ander om ingeligte besluite te neem en dit help ons om beter te verstaan wat ons lesers waardeer.

Baie dankie vir u ondersteuning!

Vriendelike groete

Die Malherbe Span

www.ingramcontent.com/pod-product-compliance
Lightning Source LLC
Chambersburg PA
CBHW072233190626
46809CB00017B/1909

* 9 7 8 1 9 9 1 4 5 5 8 6 4 *